起きられない朝のための短歌入門

我妻俊樹
平岡直子

はじめに

短歌を本格的につくりはじめてからそれなりの年数が経つけれど、わたしは短歌に「入門」をしたおぼえがない。短歌を習ったことはなく、だれかに師事したこともなく、いわゆる「入門書」を読み漁ったのは短歌をはじめてからずいぶん時間が経ってからだった。自分がどうやって短歌を習得してきたのか、ということを振り返るときに、うっすらと頭に浮かぶのは「門前の小僧習わぬ経を読む」ということわざである。歌人と歌人が交わしている「短歌についての会話」を読んだり聞いたりすることがとにかくおもしろく、そこからたくさんのことを学んできた。入門書をうたったハウツー本よりは対談書がわたしの教科書だったし、生で聞いた忘れがたい会話もいくつもある。短歌の門前で、無数の会話を盗み聞きすることによって、わたしは習わぬ短歌を詠みつづけてきたのだと思う。

短歌の入門書を書いてみませんか、という話を最初にいただいたのは二〇一八年のことだった。そこから何年も話をとめてしまったのは、入門をしたことがない自分に入門書が書けるとは思えなかったためである。わたしにできるのは、自分の耳にかつて流し込まれたのと同じような「短歌についての会話」を読者に流し込むことだけだ、ということに思い至るまで時間がかかった。

編集の藤枝さんにわたしがとつぜん送った提案は、「我妻さんとだったらできるかもしれません」というものだった。初心者のころからいまに至るまで、わたしにとって、我妻さんほど短歌についての考えがおもしろく、文章を読むときに興奮させられる歌人はいなかった。にもかかわらず、我妻さんはネットの片隅を歌論の主な発表場所に選んでいて、部屋の壁に向かってぶつぶつとひとりごとを言い続けているようにすらみえた。その短歌観ははっきり言って異端だと思うけれど、しかし、不思議といまの時代にこそ必要とされている言葉がたくさん含まれているようにも思えた。あの話を聞くべき人がこの世界にはたくさんいるはずだ、という確信とともに、わたし自身が我妻さんの話をもっと聞きたかったことが、本書のモチベーションとしては大きい。

短歌は最低限の日本語を解し、一から三十一までの数をかぞえることができればつくることができる。最初の一首をつくるのは難しくない。次の一首をつくるのも難しくないかもしれない。難しいのは、自分の短歌を物足りなく感じはじめたときだ。なにを、どう書くべきなのか。自分の文体とはなんなのか。それは究極的には自分で定型との関係のなかにみつけていくしかないものだが、ヒントとして、脳をこじあけて強制的にまぶしい光を浴びせてくるような言葉がこの本のなかにひとかけらでもあればいいと思う。

短歌とはいったいなんだろう？　短歌は定型という「約束事」によって存在することになっているだけの、実体のないまぼろしだ。定型とは言葉を抑圧する仕組みである一方で、どんな言葉にも居場所をあたえる大義名分でもある。短歌には、何を言ってもいい。

平岡直子

もくじ

デザイン　戸塚泰雄（nu）
装画　ムラサキユリエ

第1部

つくる

多作タイプと寡作タイプ

我妻 歌人って大きく分けて多作タイプの人と寡作タイプの人がいると思うんだけど。平岡さんはどっちに当てはまりますか？

平岡 わたしはどちらかというと寡作タイプ。むかしはもっともっと寡作で、最近はそれにくらべるとだいぶ数をつくれるようにはなったんだけど、それでも多作と呼べるほどではないです。

我妻 私はどちらかというとたぶん多作なほうで、とにかく一旦は大量に歌をつくってストックしてしまって、その中からいいものをみつけて拾い上げていく、という作業を経ないと自分の歌が信用できないようなところがある。自分の歌で宝探しをするというか。

平岡 へー、我妻さんは最初から多作でしたか？ たぶん歌人にいちばん多いのは、最初の数ヶ月とか半年とかだけあふれるように歌ができて、その時期が終われば一生スランプ、というパターンだと思うんだけど。

我妻　私は多作になったのはわりと最近。歌ってやっぱり、同じやりかたでつくれる数ってある程度決まってて、それを超えるとスランプに入ると思うんだけど、別なやりかたをみつけたらまたつくれるようになったりするでしょう。短歌をはじめて二十年ちょっとのあいだにその変遷が私もいろいろあって、ある時期から何かの偶然で多作型のつくりかたをするようになったんですね。それからも微妙に歌のつくりかたは変わり続けてるけど、多作という点だけはここ十年近く変わってないと思う。平岡さんも徐々に多作化しているというのは、意識して歌のつくりかたを変えてるのかな?

平岡　変えていきたいとは思ってるけど、実際には歌をつくるときにはそのときそのときで体当たりだから、意識して変えるのはなかなか難しいですね。わたしは寡作だけど目立ったスランプはなくて、地形がちょっとずつ変わるみたいな感じで変化してると思う。無意識や勘を頼りにちょっとずつ方向を変えてみて、すこし時間が経ってから「ああ、自分はこういうことがやりたかったんだ」という理論が追いついてくることの繰り返し。ただ、若いころは自分の次の一首に対する期待値がむちゃくちゃ高かったから、それで必要以上に寡作になっていたところはあったかもしれない。「絶対に失敗は許されない。全宇宙がそこに含み込まれているような究極の一首をつくらなければいけない」みたいな気持ちがあった……。いまはもうすこしビジネスモデルが大きくなったというか、連作単位で採算があえばいいと思ってる。

我妻　そもそも短歌をどうやってつくればいいのか？　というのはこの世に無数に存在する短歌入門書を読めばいろいろ書いてあると思うけど、入門書を読むまで一首もつくらなかったという歌人は少ないと思うんだよね。

平岡　ああ、それはたしかにそうかも。

我妻　最初は好きな歌を真似してみたり、とくに好きな歌とか歌人がなければ、教科書で読んだ歌とか、ネットでみかけた歌でなんとなく頭に残ってる短歌のイメージをなぞって、とりあえずつくってみるはずで、基本的にはそういうことの延長線上にその人なりのつくりかたがほとんど言語化不可能なものとして確立していく。だから人によって歌のつくりかたの土台って全然違ってて、たぶんいちばん根っこのところは一生取り替えが利かないんだと思う。

平岡　書きはじめるハードルの低さと裏表なんだと思うけど、短歌はとにかく自分なりに書いてみるしかない、というところはありますね。イメージする完成形に向かってとりあえずはやみくもにボールを投げてみる、というようなことからはじめなきゃいけない。楽器やスポーツや、あとなんだろう、書道とかでももうすこし具体的な一手目を教えてもらえると思うんだけど、短歌は分解してフォームを説明するようなことができないから、土台がそれぞれの作者の手の動きとか呼吸とか、そういうものと結びついたものになる。言語表現はみんなそうかもしれないけど、短歌はとくに初手がブラックボックスな気がします。

我妻　それは短歌が〈私〉という単位と分かちがたくあることと関係あるんでしょうね。

平岡　入門書や短歌講座でときどき穴埋め問題をみることがあって。既存の名歌のうちの一部を虫食いにして、「あなたならここにどんな言葉を入れますか？」って考えさせる問題なんだけど、あれは、短歌のそういう性質に対する苦肉の策というか、「分解してフォームを説明」することの疑似体験みたいなものかなと思う。わたしも自分が担当する講座に取り入れてみたことがあって、あれはあれでおもしろいんだけど、穴埋め問題を百問やっても実作の力はぜんぜんつかないだろうなーと思う。穴埋め問題はむしろ読みの力をつけるためのものかもしれない。

我妻　あと、穴埋め問題は「短歌は定型という空白を言葉で埋めるものだ」という固定観念にもとづいてて、それを強化してくるような感じもします。たしかに歌作には定型の穴埋めという側面もあるにはあるんだけど、それはむしろ初心者ほど囚われてるイメージだと思うから、強化するようなことはやめて、解きほぐしてあげるほうが親切じゃないかな。

平岡　あー、なるほど。わかります。でも、短歌はほんとうは上書きしていくものだと思うんですよね。文房具売り場に置いてある試し書きの紙みたいなもの。すでに先客の字がいっぱい書いてある。解きほぐしたほうが親切、というのは、どういうイメージを使って伝えるのがいいのかなあ。考えてみたら穴埋め問題もある種の上書きなんだけど、そうはみえないもんね。

我妻　短歌とは上書きである、という感覚をうまく伝える方法か、どういうのがいいんでしょうね。私は先生が生徒の歌を添削する、っていうのがあまり好きじゃないんだけど、あれも穴埋め問題的な価値観というか、定型に置かれる言葉には必ず正解のかたちがある、ということを先生の権威をもって示してしまうわけですよね。だからどちらかというと、生徒的な立場の人に添削させたほうがいいと思う。添削というか書き換え。たとえば新聞雑誌の投稿欄に載ってるような優等生的なそこそこいい歌を自分なりに書き換えてみたりすると、まあたいていはひどい歌になるだろうけど、なにかの拍子に短歌の「上書き」性みたいなところにさわれるかもしれない。

平岡 添削は嫌がる人増えてるんじゃないかなあ。生徒側だけじゃなくて、先生的な立場の人も、添削はしない、って明言する人が増えた気がします。文語の短歌が減ってきているからかな。文語だと文法を間違える可能性があるし、文法ははっきり正解と不正解があるわけだから、英語の先生が英作文の間違いを直してあげるのと同じようにカジュアルに添削が入る。文法間違い以外の部分を添削するのは表現への介入だからちょっと意味が重い感じがする。でも、生徒側が添削はいいかもしれないですね。「いいなと思った歌を自分なりに書き換えてみる」という作業を意識的にやるということね。

「最初の一首」のつくりかた

平岡 いままでに一首もつくったことがなくて、生まれてはじめて短歌をつくってみたい、って人には、短歌を上下に分けてつくることをおすすめしているんです。「最初の一首」のつくりかた。どっちが五七五でどっちが七七でもいいので、なにかしらの気持ちを書いたパーツと、なにかしらの物の描写を書いたパーツをまったく別々につくって、それを組み合わせる。「心情＋景」または「景＋心情」というのはかなりオーソドックスな短歌のかたちなんだけど、それをまずはインスタントにつくってみる、というやりかたです。コツとしてはどちらも軽い内容を書くのがいい。心情のほうは「ちょっと頭によぎったこと」とか「そのときのちょっとした気分」でいい。哲学的な問いや、重たい感情をいうのではなく、軽いツイートをするような感じでね。描写のほうは、いかにも短歌に出てきそうな「夕暮れ」とか「木漏れ日」みたいなのじゃなくて、その歌をつくっているときに実際に目にみえてるものがいいです。それぞれのパーツをいくつもつくって順列組み合わせみたいな実験をしてもいいし、できなければひとつずつでもいいから、とにかくばらばらにつくったものを最後に組み合わせることで一首を完成させる。

我妻　いわゆる『問』と『答』の合わせ鏡」のかたちですね、永田和宏の言葉だったかな。それを機械的につくりだす感じ。

平岡　うん。このやりかたのポイントは「二つを無関係につくる」の部分で、関係がないことが重要なんです。とにかく偶然目に入ったものを描写する。初心者の人は言いたいことを言おうとしすぎて定型のなかでぎゅっと身を縮めてしまいがちだから、ある程度偶然に身を任せた方が、どういう感じで力を抜けばいいのかが体感的になんとなくわかると思う。かならずしも「自分がほんとうに言いたいことを表現するのは諦めろ」ということではなくて、人間の無意識って自分で思うよりもつながってるので、一首ができてみたら、心情には関係なかったはずの描写の部分も含めてむしろ「自分がほんとうに言いたいことはこれだった」ってなる確率も高いはず。

我妻　「明日から夏休みでうれしいな！」といういまの自分の気持ちと、「部屋の蛍光灯が切れかけてて、やたらとちらつく」という目の前の実景を理由もなく組み合わせて歌にしてみたら、「高二の夏休みは二度とないんだという感傷的な気持ちと、受験や将来へのうっすらした不安」が歌から滲み出てるようにみえる、みたいなことですね。それこそが自分の言いたかったことで、歌がかわりに言ってくれたように思えてくると。

平岡　そうそう（笑）。いきなり上から下まで書こうとすると、一首って意外と果てしなく広くて途方に暮れてしまう人も多いと思う。言いたいことを十全に言おうとして説明的になってしまったり、なんだか必死に言い募る感じになってしまったりもする。分割するのがおすすめ。

我妻　自分の頭で考えたり感じたことを定型に託すんじゃなく、定型に一緒に考えてもらう、感じてもらうというのが短歌をつくることだと思うんです。だから短歌定型はつくり手にとって対等なパートナー、あるいはそれ以上の存在になる必要があるんだけど、いま平岡さんが言ったやりかたはそういう「短歌定型への信頼」を育てるものでもあるかもしれない。

最初のスランプ

我妻　短歌をはじめたばかりのときに歌がたくさんできる、というのは定型と自分が出会った、出会いがしらの化学反応みたいなものですよね。物質AとBが混ざったら化学反応を起こして泡がぶわーっと出るみたいに歌が湧いてくるっていうことだと思う。それがいったん落ち着いてしまうと、もう同じ定型と同じ自分のあいだでは二度と再現できないっていう。

平岡 炭酸の入浴剤みたい(笑)。いや、でも、最初の泡がぶわーっと出る期間は貴重だよね。「全歌歴のなかで最初の数ヶ月がいちばんおもしろい作品をつくれていた」って人は意外と多いという印象があります。しばらくするとあまりつくれなくなるのは、化学反応が終わるというのもあるけど、他人の歌が蓄積されるという理由もあるかもしれない。自分でつくりはじめると、他人の歌にある程度興味が湧いてきて、歌集を読んだりする場合も多いでしょう。いっぱい読めば読むほどつくるほうはスピードダウンするはず。自分のつくろうとしている歌に類想歌があるのがわかるとそれはよけようとするわけだし、知っている歌の数が増えるほど道が狭くなっていく。

我妻 たしかに類想歌っていう意識は初心者には持ちえないものですね。「こんな歌とっくに誰かがつくってしまってる」という恐れを知ってしまうことで失うものもあるわけですよね。この本はどちらかというとそういう人たち、出会いがしらの恐れ知らずな時期を通り過ぎて、迷ったり筆が止まってしまった人を対象にしてるのだけど、その「最初のスランプ」を克服するにはどうすればいいんだろうか。私の場合、泡がぶわーっというほどではなかったけど、あまり何も考えずに歌がつくれた時期というのはたしかに初期にあったと思う。それを過ぎると、他人の類想歌っていうより、自分の歌に似てることが気になってくるんですよ。そもそも私は事実とかその時々に思ってることを歌にする作風じゃないから、長い時間かけて自分の中にプールされた言葉の塊みたいのを削ってつくるわけです。でもいちばん美味しいところっていうのは限られてて、どうせ歌にするならそこを使いたい。で、同じ部分からばかり削ってると、歌は似た感じになるし、味はどんどん薄くなる。場所を変えて削ってみれば目先は変わるけど、あきらかに輝きは劣るように感じちゃう。あと、こういうつくりかたは消耗の過程を意識させられるというか、未来が明るくないですよね。そんな状態からの突破口になったと思うのは、題詠ですね。ネットの題詠イベントに参加して、そもそも自分から出てきた語彙じゃないものを元に歌を発想する、ということをする中で歌のつくりかたが変わったと思う。自分のとってきのものを差し出さなきゃ、ということにあまりこだわらなくなった。歌は自分の切り売りじゃないし、定型も言葉も自分にとって他者なんだ、という方向にだんだんシフトしたというか。

平岡 我妻さんとすこし違うのは、わたしはいちおう自分の感情を使って歌をつくっていて、歌は自分の切り売りではあるんですよね。だから、そのときどきに言いたいこともあるし、感情が動いているときのほうが歌ができやすい。いまのところ、短歌をつくりはじめてからずっとつねに感情は売るほどあるのでひどいスランプがないんだけど、その状態が続いているのはたまたまというか、感情が凪いだらどうするんだろう、という気はする。それにやっぱり極端な感情もひととおり歌にすればだんだんパターン化してくるし、あと、このつくりかたはどうしても若いころのほうが有利だというのもある。わたしは題詠もやるんだけど、わたしの場合は時事詠が突破口になったと思う。自分の内面をなめまわすような歌をつくることに限界を感じるようになったあとは、そのとき社会で起きていることを核にして歌をつくることが増えて、それでだいぶつくりやすくなった。自分の外側にあるものとぶつかることで歌をつくる、という点では我妻さんにとっての題詠に近いところはあるかも。

我妻　たしかに時事的なものは題詠のお題がわりになるというか、題詠よりもそれを核にする必然性を求めやすいし、むこうから次々やってくるところもいいし、自分を巻き込んでいる大きな文脈の動きみたいなものもつくりながら感じられるのがいいですね。私は写実っていうのも一種の題詠なんじゃないかと思ってるところがあるの。歌をつくるとき、目の前の景色にあえて縛られるっていうことは、目の前にあるものが斡旋してくる言葉に縛られてそれで歌をつくることだと思うんですよね。自分の激しい感情とか、自分にとってオブセッシヴな言葉や物に縛られて歌をつくることは最初の作歌動機としては強烈だし、じっさいすごい歌もできたりするんだけど、それだけでずっとやっていくと必ず疲弊してくる。そういう感情やオブセッションの源泉ってだいたい子供時代にあるものでしょう？　子供時代は二度やれないから、減った分を注ぎ足すってことができない。だからそのやりかたにこだわりすぎるとどうしたってすり切れちゃって、自己模倣に陥るかそれとも短歌を離れるか、みたいになりがちな気がするのね。そうなることを避けるには、いったん自分の外にある異物を飲み込んで、それを核にじわじわ自分の言葉が寄せあつまって真珠をつくるような、なんらかの迂回のやりかたをみつけるべきではという話ですね。私は写実の歌はつくったことないけど、題詠的なものを作歌の頼みにしてる身としては、写実もそのバリエーションとして考えたいところがあるんだよね。

虚構の歌について

我妻　平岡さんは自分の感情にせよ時事的なものにせよ、広い意味での事実というか、「ほんとうのこと」を歌の題材にしてると言っていいと思うんだけど、いわゆる虚構の歌についてはどう思いますか？　ＳＦとかファンタジーみたいにあからさまにフィクショナルなものも、いっけん事実にみえるようなものも含めて虚構の設定をこしらえて詠われるような歌のことね。

平岡　短歌には嘘を書いてもいいのかどうかって話だよね。短歌には嘘を書いていいです。

我妻　嘘には誰がみても嘘だとわかるものと、そうじゃないものがあるでしょう。宇宙人が同じクラスに転校してきた、みたいな内容ならみんな嘘だと思って読むけど、年老いた親を介護してます、という内容ならみんな本当だと思って読む。でもじっさいは親はまだ若くてピンピンしてるというタイプの嘘ね。そういう嘘は批判されがちですよね。

平岡　そういう嘘は批判されがちですね。数年前に「父親の死」を題材にした連作が新人賞を受賞したあとで、作者の父親が実際には生きていることが判明して大騒ぎになったことがあった。わたしはそういう批判は気にしなくていいと思うけど、ただ、リアルさ重視のテーマを扱う場合に関しては、嘘を書くのは作者にとって採算が合わないのではないかと思うところはある。ほんとうのことを書けばそれだけでリアルなのに、嘘を書く場合はつくりこまなきゃいけない。映画でリアルな街並みを撮りたかったら、スタジオにセットをつくるよりロケに行ったほうがいいでしょう。特撮ものみたいに「ニセモノっぽいセットで撮るのが逆に味があっていいんだ」という場合もあるとは思うけど。そのへんは自分でちゃんと採算を考えてね、とは思います。

我妻　平岡さんの場合は当てはまらないと思うけど、短歌で「ほんとうのこと」を詠う人は読者にも「ほんとうのこと」なんだと受け取ってもらうこと、わりと期待してる気がするのね。つまり「親を介護してる」って歌にしたら、親の年齢は何歳くらいで、その子供なんだから作者は何歳くらいだな、ということを常識的に汲み取ってもらって、そういう言外の情報込みで読まれるのを期待してる。平均値からずれる場合はちゃんと断りを入れる。歌がそういうつくりになってるでしょう?

平岡　「ほんとうのこと」を「ほんとうのこと」と受け取ろうというお約束はたしかに確立されていて、まあ、だから「ほんとうのことっぽい嘘」が怒られがちなんだよね。一見ほんとうっぽいことが嘘だと、読者が歌から取り出したつもりの膨大な「言外の情報」がぜんぶ台無しになっちゃうから。

我妻　でも歌の外でそういう期待がやりとりされてるのって嫌だな、と私は思う。極端な話、「親を介護してる」って情報だけあるなら、その親が四百歳でも成立する歌にしてよ、という気持ちがあるの。逆に「親が四百歳」ということが詠われてても、それがSF的な設定の歌だという決めつけは勇み足じゃないか。

平岡 勇み足？　どういうこと？

我妻 この世の常識にかなう内容を「事実なんですね」と読みあうような期待が嫌なのと同じように、常識を大きく外れた内容を「そういう設定の虚構世界の話なんですね」と回収されるのもすごく嫌なんですよね。それってどっちも同じことじゃないかと思う。歌を言葉そのものの次元からあわてて〝お話〟に持っていこうとする感じかな。「親が四百歳」も「親を介護してる」も、事情は何もわからないままそういう言葉が、たとえばファミレスのほかのテーブルからふいに聞こえてきた、みたいなときってあるじゃない？　歌の読みをそういう宙づり状態にもっと踏ん張らせるべきじゃないかなって思う。歌をつくる人も読む人も、みんなかんたんに他人と話が通じることを期待しすぎてるよ。

平岡 ああ、言ってることはよくわかります。事実か虚構か、という二項対立自体がほんとはちょっとナンセンスなんだよね。ただ、つくるときの心構えの話として、たとえばわたしのように「なんらかの意味で自分のほんとうの感情を書く」と決めるほうが書きやすいタイプや、逆に「自分のことは絶対に書かない」と決めることで安心して書けるタイプはいるのかなと思う。

我妻 うん、その意味だと私は後者に近いかな。「自分のことを書かない」のと「虚構を書く」のは全然違うことで、その両者の間にあるものが大事なんだよな、と思いますね。

初心者のころ

平岡 はじめてつくった短歌っておぼえてますか？

我妻 いやーおぼえてないですね。たぶん本格的につくりはじめる数年前に何首かつくったことがあるけど、下手だという以前にいまとは短歌に対する意識が違いすぎて、自分の中で同じ短歌の話としてつながってないから思い出せない。平岡さんはおぼえてるの？

平岡 わたしははじめてつくったのは小さいころで、その歌もぼんやりとおぼえてるけど、学生のときにはじめて参加した歌会に出した歌のほうが印象に残ってるかも。

つり革の向こうの夜に映る顔　君が溶け込む街まですこし　**平岡直子**

という歌。はじめての歌会だから、そのころつくった中では自信作を選んでドキドキしながら提出したんだけど、ほとんど票が入らなかった。

我妻 初心者にしてはうまい歌だと思うけど、なんというか、いかにも「いい歌」風の歌ではあるかな。

平岡　「いかにも『いい歌』風」って？

我妻　平均的なというか、短歌をつくろうとするような人が詩的ないいイメージを抱いている言葉、「つり革」とか「〜の向こう」とか「夜」とか「映る」とか……一首がほぼそういう部品の組み合わせだけでできてて、小さな「いい歌」要素の加算だけでつくろうとしてる感じかな。

平岡　小さな「いい歌」要素の加算、あー、ありますね。詩的な言葉として登録されている言葉を使うと、それだけで安心感があるんだよね。とくに初心者のころは、まず「自分の書いたこの行が短歌かどうか」がまずほんのりと不安だから、「つり革」とか「夜」とかが「この行は短歌という土地の国籍を得ている」という証明になるような気がしてしまう。

我妻　初心者と言ってもほんとうに短歌について何も知らないわけじゃなく、それまで見聞きしてある程度先入観はできてるからそうなるんでしょうね。

平岡　「いい歌」要素の加算は、加算すればするほどいい歌度が上がるような気がしてしまうんだけど、現実にはそうはならないんだよね。飽和したあとは足すほどいい歌度が減っていく。

我妻　ただ、この歌の「君が溶け込む街」という表現にはやや全体とのバランスの悪さみたいなのがあって、かえってその部分にのちの平岡さんの片鱗がうかがえる気がする。〈小平市津田町を着て約束のきみの新宿区に会いにいく〉なんかを思わせますね。

平岡　「君が溶け込む街」は、イメージを二重に重ねるつもりでつくったんだよね。窓ガラスに映ってる顔が、その向こうの街と二重写しになるイメージと、その後「君」が下車して街に紛れていくのだ、というイメージと。いま読み返すとそれがあまりうまくいっていない。ひとつの単語やひとつの言い回しから「結果的に」複層的な意味が読み取れることは短歌ではよくあるけど、つくる側が最初から便利にいろいろ兼ねようとすると失敗するかもしれません。

我妻 意味を何重にも重ねるほど歌がぶ厚くなるような気がしてしまうけど、そういうわけではないと。

平岡 意味を何重にも重ねると逆にその部分は薄くなってしまうと思う。

我妻 たしかにそうかも。

平岡 はじめて歌会に出した歌だったらおぼえてない？

我妻 うーん思い出せないですね。はじめてリアル歌会に出たのはもう新人賞の候補になった後なんだけど、その数年前にネットの歌会に何度か出たことがあって、そっちはさがせばもしかしたらみつかるかもしれない。ちょっとさがしてみようか。……あ、みつかった！　インターネットアーカイブを漁って二十年前のネット歌会のページを発掘してきましたよ。

ヌイグルミの腹につめ込む野いちごを摘みにいったわ手錠のままで　　**我妻俊樹**

たぶんこれがはじめてネット歌会に出詠した歌です。いちおう三票入ってる。

平岡 えー、ちゃんとおもしろい歌だ。道具立てがちょっと派手すぎるかな、という気はするけど、はじめて歌会に出した歌とは思えないね。この歌、穂村弘の〈はんだごてまにあとなった恋人のくちにおしこむ春の野いちご〉を思いだすけど、穂村さんの影響はありましたか？

我妻 これはもろに穂村さんが手本ですね。私は初心者のころに読んだ『短歌という爆弾』の「砂時計のクビレ」の話が目からウロコだったから、「いい歌」要素の加算みたいなほうにはあまり行かなくて。この歌なんかは「腹につめ込む」や「手錠」のあたりで「砂時計のクビレ」＝驚異の要素を入れていくことを狙ったんだと思う。そもそも短歌をはじめたのが三十過ぎなので、最初から歌に初々しさがない（笑）。

平岡 『短歌という爆弾』はわたしも読みました。すごいことがたくさん書いてある本だけど、「砂時計のクビレ」理論はとくにあの本の看板のようなものだよね。初心者にもすごさがわかりやすい、最初にびっくりするポイントのような気がする。でも、「砂時計」というイメージを使っていることからもわかるように、あの理論ではくびれはひとつだけつくるのが前提なのでは？『腹につめ込む』や『手錠』のあたりで」とは……？

我妻 以前、宇都宮敦さんに「我妻の歌には『砂時計のクビレ』が複数ある」って指摘された記憶があるんですよね。それはなるほどと思ったんだけど、こんな最初期の歌からそういうつくりだったんだというのはいま気づきました。まず穂村さんの「砂時計のクビレ」理論って共感ベースの考えかただと思うんですよ。つまり、ほどよい驚異の要素、共感の障害になるようなぎょっとする要素をあえて入れると逆に読者の共感が高まるんだ、っていう話ですよね。それはシンプルかつすごく効果的なやりかたで、だから目からウロコだったんだけど、最終的に共感をめざすところには乗れなかった。私は読者に「わかる！」って思われることをあてにするのがすごく嫌いなの。だから途中まで「砂時計」的な秀歌をつくろうとしながら無意識の抵抗としてクビレを複数入れて、結局は台無しにして共感されないようにしてたんだと思う。

平岡　ほどよい驚異の要素が逆に共感を引き立てる、なるほど、ひとつまみの塩をかけると甘さが引き立つ、みたいな話だね。実際に『短歌という爆弾』のあの章では俵万智の歌によって説明されていて、つまり「ザ・共感ベース」みたいな歌が例として挙げられているわけだけど。「無意識の抵抗としてクビレを複数入れて、結局は台無しにして共感されないようにしてた」というのはむかしの我妻さんの歌からはすごく感じます。

忘れてた米屋がレンズの片隅でつぶれてるのを見たという旅　我妻俊樹

とか、そんなに念入りに折り曲げなくても勝手に中をみたりしないですよ、って思わず声をかけたくなるような歌だと思う。でも、最近の歌はそこまで念入りに折り曲げられてはいないような？

我妻　ある時期からクビレ理論の圏外で歌をつくれるようになったんだと思う。秀歌性という亡霊に追いつかれないよう歌を迷路化するんだ、というウィンチェスターミステリーハウスみたいなことに一時期私の歌はなってたんだけど、それはやめることができたということですね。私に限らず、穂村さんの言葉に呪縛されて閉じ込められそうになった経験のある人は少なくないと思う。あまりに魅力的な見立ては、短歌みたいな定型のある表現においては強烈な呪いになることがあると思います。

平岡 でも、クビレ理論ってよくよく考えると「短歌」の手の内を親切に明かしてくれる説明だという感じもしない？　わたしはクビレ理論に関しては、自分の実作に直接取り入れるというより、先人の歌集を読むときの読解の助けになった記憶がある。「なんとなく上手い歌」が、なにをやってるのかがわかるようになったというか。敵がなにをやっているのか知ろう、みたいな気持ちで読みました。あの理論の新しさは、歌に驚異ポイントを設けるという方法自体が新しいのではなく、「上手い歌にはクビレ／ひとつまみの驚異がある」という説明を当てたのが新しいんだと思うんですよね。歌人たちが無意識のバランス感覚でつくって、無意識に伝承してきた部分を言葉で解明してみせた。そうすると真似しやすくなるし、批評しやすくなるけど、神秘性が失われるし、「圏外」も可視化されてしまう。言語化することによってひとつ行き止まりをつくった、という側面もあるのかもしれない。

我妻 だいたい穂村さん自身の作品はクビレ理論でつくられている感じがしないものね。あの本は穂村さんの実作上の無意識というか、言葉のさわりかたには意外なほど触れられてなくて、歌人としての穂村弘はずっと「圏外」にいたままだったような気がする。

学生短歌会のこと

平岡 わたしがはじめて参加したのは早稲田短歌会（大学サークル）の歌会で、そこからずっと生身の歌会しか経験がなかったんだけど、我妻さんははじめての歌会はネット歌会だったんですね。そのころはネット歌会はけっこう盛んだった？

我妻 オープンな感じでやってたネットの歌会は、私が知ってるのは自分が参加してた二つだけ。どちらも参加するようになってまもなく終わってしまったし、リアル歌会を併せてもこれまで人生で参加した歌会の数はせいぜい三十回くらいかな。たぶん平岡さんの十分の一以下でしょう。

平岡 歌会、わたしはいまはあんまり行かないんだけど、学生短歌時代に週一〜二回のペースでやってたから、その時期に我妻さんの十倍は稼いだかもね。短歌が上達するいちばんの近道は選を受けることだろう、と思ってるんだけど、歌会は簡易版の選みたいなものだから、得られるものはありますよね、とくに初心者のころは。

我妻 自分が短歌の初心者じゃなくなった、と思ったのはいつごろ？

平岡 え、えー、そんなこと思ったことない。わかりやすい昇段とかがあるわけじゃないから、「よし、今日から自分は初心者じゃなくなったな」みたいなこと思わなくない？　いや、でも、いま現在「自分は初心者だ」と思っているわけではないから、どこかでは切り替えがあったはずだよね。うーん、わりと早かったような気がします。早稲田短歌会に入って数ヶ月とか、少なくとも一年経つころには「新人」ではあっても「初心者」ではない気持ちでいたと思う。

我妻 私は短歌をはじめて何年間かは句またがりが使えなかったんですよね。無意識にというか、偶然みたいに句またがりになってることはあったとしても、そういう技法があるんだ、というのをよくわかってなかった。あと句割れとか初句七音とか、べつに名前は知らなくても定型と言葉の関係を意識的に揺らすようなやりかたがいろいろあって、見様見真似で使えるようになるじゃないですか。そうなるまで数年かかった。それまではただ言葉の瞬発的なセンスだけで押していく感じで、新人賞の候補に残ったりしててもいまから思うと実質初心者みたいなものだった気がする。平岡さんみたいに大学短歌会の歌会で揉まれてたら、そういう知識はあっという間に身につきそうだよね。

平岡 句またがり、一つの言葉が句の切れ目をまたぐことですね。そういう技法があるってことを知らないと、やっていいものなのかどうかわからないよね。学生短歌会はたしかに最低限の用語は最初に上級生がぱぱっと教えてくれるから、そういう意味での初心者期間はショートカットさせてもらったかもしれない。あと、こういうのって流行り廃りがあるものだと思うんだけど、わたしがいたころの早稲田短歌会は「定型に従順なのはダサい」みたいな風潮がかなりつよかったから、定型のハズしかたをみんなで熱心に研究していた感じはあった。結社やカルチャースクールなどとくらべても、教育機関としては学生短歌会がいちばん効率がいいような気もするけど、

我妻　みんなでおんなじことに熱中しちゃうのは良し悪しですね。私は社会人になってから短歌をはじめてるから、学生短歌会みたいな同世代の濃密な繋がりにはつよい憧れのようなものがあるんです。だけどそういう集団に特有の価値観の刷り込みの強烈さにはプラスマイナスあるんでしょうね。それぞれに合った歌のつくりかたをゆっくりつかんでいくのに向かない環境だとすれば、自分を見失って短歌に挫折してしまう人も出るだろうし。

破調について

平岡　短歌とは五句三十一音の定型詩である、というのがいちばん基本的な定義だよね。

我妻　いちばん基本的なやつね。

平岡　三十一音というのはなにか言うには短いわけだし、守らなきゃいけない「型」であるというのは不自由なことでもあるし、定型とは制約である、というイメージがつよいと思うんだけど、ちょっと見方を変えると、定型はむしろ特典なのではないかと思うんです。

我妻　特典？

平岡　うん。短歌は短歌だと名乗ることで、五句三十一音のかたちをもつ根拠が得られるから。自然な日本語の一文は三十一音より長かったり短かったりするわけだけど、自然な状態ほど目にみえない制約がたくさんかかっている状態でもあって、意味とか、可読性とか、書き手の呼吸とか、前後の文章がある場合はそのなかでのリズムとか、複数の要素とバランスをとって釣り合わせることで長さが決定されているはずで。定型という、いわば目にみえる制約は、目にみえない制約を上書きしてくれる働きがあると思う。

我妻 なるほど。毎日着ていく決まった制服がないと、選んだ私服にいちいちセンスとか経済力とかの情報が読み取られてしまって息が詰まる、制服があったほうがその息苦しさが消えてむしろ自由になれる……みたいなことかな。ちょっと違うか。

平岡 あははは、でも、定型は制服っぽいなとは思います。制服は画一性の象徴みたいなところがあるけど、逆にひとりひとりの差を際立たせるアイテムでもあるしね。「定型を守らないと短歌と呼べないんですか」ってときどき質問されるんだけど、それって「お金を払ったら商品はかならず受け取らなきゃいけないんですか」みたいなことかもしれないなと思ったりも。

我妻 いまの話で言うと、いわゆる破調の歌は「お金を払って商品を受けとる権利を得たうえで、あえて受けとらない選択をした歌」っていうことになるんでしょうか。破調の歌って一般的には、定型という制約に対してより自由であろうとしてるイメージだと思うんだよね。定型からの逸脱というかたちで〝制約からはみ出さざるを得ない何か〟が自分の側にあることを表現してる、みたいな感じ。

平岡 制服を着崩している、みたいな？

我妻 そうそう。不良っぽい自己表現。

平岡　そういう面はありますよね。破調で抵抗を表現するのはちょっとマッチポンプなんだけど、それも含めてのパフォーマンス、みたいなところ。

我妻　うん。

平岡　破調の話は、まず文語と口語でかなり事情が違うはず。文語の短歌は、言葉の折り目と定型の折り目を重ね合わせるようなつくりかたをするから、破調の意味も大きいというか、折り目をはみ出したりずらしたりすると目立つんだよね。でも、口語にはそこまで折り目がなくて、文語の短歌の場合よりも大きい言葉のかたまりによって歌がつくられていると思う。口語の短歌に関しては多少の破調は定型のうちじゃないかな。

我妻　もともと短歌の定型は文語のものだから、口語とは呼吸とかサイズ感がいちいちずれてる感覚があって、そのずれがいろんなものを飲み込んでくれるところがありますね。

平岡　破調にもいろいろあるけど、はみ出す系でいうと、わたしは

バスは行ってしまう　乗りきれなかった人たちの傘に雨つぶ光らせたまま　　**平岡直子**

という歌をつくったことがあって、これは初句が九音なんですよね。初句は本来五音なわけだからほぼ倍なんだけど、これでも自分では「だいたい定型」と思ってるかも。

我妻　その歌の場合だと、「バスは行って」を初句六音としていったんは読んで、それだと以後の辻

棲が合わなくなるから、さかのぼって「バスは行ってしまう」までを初句九音として読み直す、みたいな読みかたをしてる気がする。でも初句六音でいったん読んだ感覚が残ってるから、その読みの残像によってほぼ定型に感じられるというか。口語短歌の生理として、そういうぶれ方もあらかじめ許容されている気がする。

平岡

たのしいことは終わった　そしてカーテンは選ばれる宇宙戦争柄が　**我妻俊樹**

我妻さんのこの歌なんかは、ずれる系の破調。二句目の「終わった　そして」が句割れ、四句目から五句目にかけて「宇宙／戦争柄」の部分が句またがりになっていて、日本語が切れる部分と、句の切れ目をあちこちずらしてあるんだよね。初句七音もあいまって、塚本邦雄っぽい感じの歌だと思う。

ロミオ洋品店春服の青年像下半身無し＊＊＊さらば青春　**塚本邦雄**
貴族らは夕日を　火夫はひるがほを　少女はひとで恋へり。海にて

みたいな。

我妻　一字空けがあって、あちこちでずれてるタイプの歌っていうと、

きれいな　カルボナーラ色の月　きみがいなくなったとき食べたいな　谷川由里子

を私は思い浮かべる。口語で日本語と定型のずれをみせる歌は「一字空け」がけっこう重要な役割を果たすのかもしれない。塚本の歌は文語だけど、そういうタイプの口語の歌の起源には塚本がいるんだろうなと思いますね。

口語と文語

我妻　さっき平岡さんが言った「歌をつくるとは、いいなと思った歌を自分なりに書き換えてみる作業」というのはほんとうにそのとおりだと思う。だから少なくとも自発的に歌をつくろうと思う人は、その前にまず誰かのつくった歌を読んでいるはずですね。そしていいなと思ったか、とにかくなにかしら心動かされるところはあったはずだと。歌を読むことや論じることについてのくわしい話は第2部でする予定だけど、そういう短歌をはじめるきっかけになったような読書体験っていうかな、短歌への入口になった作品や歌人はその後の短歌観にどれくらい影響を及ぼすものだろうか。わりとすぐ違うなと思って距離を取ってしまう場合と、ずっと好きで憧れ続ける場合とがあると思うけど。ちなみに平岡さんは、短歌への入口になった決定的な一首とか歌集があったり、そういう歌人がいたりしましたか?

平岡 決定的な入口って複数回ぐっているような気がするけど、実作をはじめた初期に影響を受けた歌集、歌人、という意味では、穂村弘と雪舟えまが大きいと思うし、いまでもその延長線上にいるとも思います。

我妻 いまの平岡さんの歌にもその二人の歌からの影響はうっすら聞きとれると思うけど、たとえばもろに穂村弘や雪舟えまをコピーした感じの歌をつくってた時期もあるの? あるいは、二人の影響から離れようとして意識して他の歌人を真似してみたりだとか。

平岡 自分なりに真似をした歌はあるけど、自分の作品を丸ごと寄せていくような、いわば完コピを志した時期はなかったと思います。これも、学生短歌会にいたという理由はあると思う。自分と距離の近い短歌仲間がいることが、良くも悪くも憧れている対象への障害物になっていた。ただ、そうじゃなくても、あまりに決定的な作品は、入口というよりは締め出されるように感じるところがあるかもしれない。わたしは永井陽子がすごく好きなんだけど、最初に出会ったのが歌集じゃなくて授業で配られたレジュメだったのね。ある大学の詩歌の授業にもぐりに行ってていて。そのころもう短歌はつくりはじめてたんだけど、ぺらっと配られたそのレジュメをみたときに「わたしには一生かかってもこんな歌はつくれない」ってはっきりわかって打ちのめされるような気持ちになったこととか覚えてる。これも「決定的な入口」のひとつかな。

雨戸のむかうは海であつたといふやうな朝は一度もなくて古き家　永井陽子
うつむきてひとつの愛を告ぐるときそのレモンほどうすい気管支

とか。そういう歌は意識的に真似をする対象というよりは自分のなかにブラックホールのように口を開けているもので、そのあいだを縫うように歌をつくっているような感じがする。

我妻　じゃあ真似してみたり「書き換え」の対象にしてたのはどういう歌でしたか？

平岡　まわりの学生短歌の人とか、新人賞の上位候補作としてみかけた作品とか、そういう身近な作品、が多かったかなあ。

我妻　私も短歌をはじめる決定的なきっかけ、みたいな読書体験はなかったんですよね。はじめていいなと思った短歌は寺山修司で、超初心者のころにつくってた歌はいちおう寺山っぽくしようと努力していたと思う。でも寺山の歌は文語で、私は勉強が嫌いだから歌をつくるために文語文法をわざわざ勉強し直すのは嫌だった。だから結局、口語で穂村さんや飯田有子さんの歌を手本にしてつくるようになっていくんだけど、「ホンモノの短歌は文語なんだ」っていう意識はいまに至るまでずっとあって、「自分がつくっている短歌はニセモノなんだ」という意識を逆に大事に思ってるようなところがある。口語短歌はいかがわしいところがいいんだよ、というような認識ですね。現在では短歌をはじめようとする人は口語から入るのが、たぶん大多数なのかな。私と平岡さんは年齢は十六違うけど、短歌を本格的にはじめた時期というのはだいたい同じで、当時はまだ文語から入るほうが一般的だったんじゃないかと思う。平岡さんはほぼ口語で歌をつくってるけど、それは穂村さんや雪舟さんが口語だから自然にそうなったという感じ？

平岡　初期は文語も使ってました。我妻さんのいうようにあのころは文語が一般的だった。でも、いまはどうなんだろう、最初から完全に口語でつくりはじめた口語二世、みたいな人も多いのかな。わたしが本格的につくりはじめたのは二〇〇〇年代なんだけど、そのころにつくりはじめた人にはたぶん共通して「プレーンな短歌とは口語文語ミックスである」という感覚があるんじゃないかと思う。なにも考えずに「お任せで」って注文したら口語文語ミックスが提供されるから、それをだんだんカスタムしていくことでその人の文体ができる。いまどきガチガチの文語をやる、というのが意志的な選択であるのと同じくらいに、完全口語の人の文体にも、「初期設定からどのように文語を抜いていったか」という経緯の形跡があって、「どのように」の部分に個々のカラーが出る、というイメージがあります。わたしは結局ほとんど文語を使わなくなったけど、でも、言っても雪舟さんも穂村さんも部分的には文語を使うよね。

かなしい歌詞に怒れるきみは紅葉のなかへあたしをつかんでゆきぬ　　雪舟えま

の「ゆきぬ」とか、好きな文語の使いかた。ここは口語だと事実の報告みたいになると思うけど、「ゆきぬ」で一気にゆめみるような熱っぽさが出る。

我妻　口語は誰かが発話したという事実の記録というか、録音された声に近い感じがするんだよね。対する文語は内面の記録、たとえば日記の文章を読むのに近い感覚かな。だから口語短歌には、その場で一回だけ響いた声を生々しくつかまえたような「瞬間の永遠性」みたいなものが宿ると思うんだけど、文語短歌のほうは、内省とか観察とか、ある意味で時間を超えた思考の回路が三十一音に圧縮されて保存されてるというか。口語のばあいとは反対に「永遠の瞬間性」みたいなものが生まれてるのかなと思う。ただ、子供のときからネットがあった世代が主流になりつつある現在、短歌における文語・口語の意味も大きく変わってきてるような気もします。ネット上のテキストっておしゃべりと日記の中間みたいなものでしょう？　だからネットの歴史が浅かった二〇〇〇年代とくらべたら、いまの短歌は口語の「書き言葉性」みたいな部分がずっとぶ厚くなってて、文語をわざわざ使う意味が相対的に小さくなっているかもしれない。それでもあえて文語でやるよ、という人はこれからも一定数いつづけるだろうけど。

『林檎貫通式』の文語

我妻　口語が基本で部分的にふっと文語になる歌人、というと飯田有子さんもそうですね。

にせものかもしれないわたし放尿はするどく長く陶器叩けり　　**飯田有子**

雪まみれの頭をふってきみはもう絶対泣かない機械となりぬ

この「叩けり」「なりぬ」だとかが、

コアラのマーチぶちまけてかっとなってさかだちしてばかあちこちすき
たすけて枝毛姉さんたすけて西川毛布のタグたすけて夜中になで回す顔

飯田有子

こういう歌と、歌集にごく自然に同居している。口語短歌っていうのは文語短歌の口語訳というか、替え歌みたいにしてつくられてきたし、いまも基本的にはそうだと思うんだけど、飯田有子はそれ以外の口語短歌のやりかたを示した人だと思う。替え歌じゃなくてラップっぽいというのかな。文語の歌をバックトラックとして流しっぱなしにしておいて、聴きながらそこに口語を乗せてってる感じ。飯田さんの『林檎貫通式』の破調の多さはそこから来てると私は想像してて、他の歌人とはだいぶ定型の感覚が違うんじゃないかと思いますね。五七五七七をベースにした音数を守ることで定型が保証されるんじゃなく、定型はもう具体的に（文語の）歌として背景に鳴ってるものに含まれてしまってる。で、そこから聴き取ったビートに乗せているかぎり、一見定型を大きく外してるようでもそれは短歌なんだ、という確信がある感じ。だから飯田さんの歌が時々急に文語になったり、いかにも短歌らしい短歌のかたちになったりするのは、そのバックトラックのほうが前に出て聴こえてきた瞬間なんだ、というのが私の説。

平岡　飯田さんはアバンギャルドな文体だけど、もともとは正岡子規や斎藤茂吉の研究をしていた人で、ベースにあるのはたぶん文語短歌なんですよね。歌を読んでいくとそれはなんとなく感じられて、唐突な文語文末も、なにか「地が出た」という感じがする。雪舟さんの「ゆきぬ」とかはキメラ感があるんだけど。

我妻　雪舟さんはブロークンな感じというか、ルー大柴的な英語日本語チャンポンみたいな意味で文語口語チャンポンっぽさがあって、そこがいいところですね。

平岡　ルー大柴!（笑）。さっき「勉強が嫌だから文語という選択肢がなかった」というようなことを言っていたよね。完全文語はたしかに勉強が要るけど、部分的にちょっと取り入れるだけだったらほとんど勉強はいらなくて、いわば無免許で使える。そういう手もあるってことはいろんな歌人の歌を読んでるとだんだんわかってくると思うんだけど、我妻さんはそれでも文語を取り入れようとは思わなかった?

我妻　無免許運転に必要なのは何よりも度胸だと思うけど、私は度胸がなかったんですよ。あと、口語でつくるといったん決めたらいちおう文語は完全に締め出さないと、例外をみとめてしまうと自分内ルールがそこから破綻してしまう恐れがあるから。私の場合はね。まあ、そうは言っても文語の入ってる歌を何首かはつくってるんだけど。つくったときは「どうもすみません」という気持ちで、無免許がばれるんじゃないかとそわそわしてたと思う。

平岡　いったん決めたことは問答無用で守る、という態度はなにかすごく短歌に合ってるような気がする。短歌の定型って、これは守ろう、というルールの外注というか、ルールの根拠をいちいち自分のなかに探さずに済むためのものだから。わたしも文語はあまり使わないんだけど、文語の助動詞は各句をきちっと収めてくれる力があって、言葉が収納しやすくなるんだよね。口語は収納が下手。でもわたしは仕切りを取り払った大きい空間に言葉を並べるほうが好きで、口語短歌は使える空間のおおらかさがおもしろいと思ってます。

歌をつくるときにすること

我妻　歌をつくるときに具体的にすることについて聞きたいんだけど。たとえばつくりながら音楽を聴いたりはする？

平岡　するする。

我妻　私は歌をつくるときには日本語の、歌詞がある音楽をわりと聴くかも。ランダムに言葉が頭に飛び込んでくると歌をつくるのにちょうどいい刺激になる気がしますね。

平岡　あ、まったく同じです。わたしは家の外で歌をつくる派なので、耳栓的にというか、雑音を遮断するものとして耳にイヤホンを入れておきたいんだけど、わたしも日本語の歌詞の曲を聴くのがいちばん役に立つ。思いがけない言葉がぽんと耳に入ってくるところが。同じ日本語でも、トークとか朗読とか散文的な内容だと文脈の力がつよすぎて、なにかがちぎれて耳に入ってくる、という感じがない。カラオケボックスで歌をつくったりもするよ。てきとうに曲を流して、画面に流れる字幕を眺めていると言語野が刺激される感じがする。

我妻 それはすごくおもしろいね。カラオケとして耳から入ってくる曲と、字幕で目から入ってくる歌詞に分かれることで「歌」に隙間ができて、その中に自分が入り込んで作業ができるようになるのかな。じゃあ文字情報として、たとえば他の人の歌集とか、詩集、小説などを歌作りのために意識して読んだりはする?

平岡 します。わたしは「今日は歌をつくろう」って日は、鞄に二冊歌集を入れていくことにしてる。「閉じてる歌集」と「開いてる歌集」と自分のなかでは呼んでるんだけど、まずとにかく短歌が上手い人の歌集をなにか一冊。読むと「定型」という概念がドーピングできるから。それと、もう一冊は読むと自分のテンションが上がるやつ、「短歌にはなにを書いてもいいんだ」ということを思い出させてくれるようなのを選ぶ。後者はときどき詩集になったり句集になったりするけど、前者はかならず歌集ですね。二冊組み合わせることがわたしにとっては大事で、短歌の両端を喫茶店のテーブルの上に置きながら歌をつくる。

我妻 さっきの、カラオケボックスで耳から聴こえる曲と目でみる歌詞の間に挟まってつくる、というのと似た話ですね。短歌の両端に物理的に挟まれて歌をつくると。

平岡 カスピ海ヨーグルトって流行ったのおぼえてる? ヨーグルトのタネみたいなのがあって、そこに牛乳を足していけば無限にヨーグルトがつくれるんだけど、歌をつくるのはカスピ海ヨーグルト的な作業で、継ぎ足すことで増やしていく、という感じがするんだよね。つまり、まったくのゼロからはできない作業で、きっと歌人はみんな歌集を読みながら歌をつくっているんだろうと思っていたんだけど、このあいだ、同人誌「外出」の同人たちとその話題になったとき、読まない派が多くてびっくりしました。つくりながら読むと影響を受け過ぎちゃう、という感覚があるみたい。そのへんは意外と個人差があるのかもしれないですね。

我妻 そこはけっこう決定的な違いというか、短歌に関して何か話がかみ合わないなーっていうときは、けっこうその違いですれ違ってるのではという気がする。歌をつくるとき他人の歌集を読むか読まないかで歌人が二分される（笑）。定型と〈私〉のどっちに重心が置かれているかという違いなのかな。私自身は歌をつくるとき他人の歌も読むし、いったんエンジンがかかって調子が出ると直前に自分がつくった歌を読みながら、それへの反応でつくっていくようなところがある。音楽とか本とか、いかにも短歌と関係ありそうなところ以外で、何か「これをすると歌がつくれるようになる」みたいなものってありますか。

平岡 からだを動かすこと。歌をつくるために散歩をするという歌人は多いような気がしない？

我妻 それは聞いたことがある気がする。歩行が刻むリズムの中を景色が立ちかわり通り抜けていく、というのはとても短歌的ないとなみだと思う。私はからだを動かすのが必須というほどではないんだけど、歩きながら歌をつくると頭が適度に揺れて、言葉の置き所が自分の本来のくせよりちょっとずれるのね。そのずれて置かれた位置を生かすと、歌に少し新しい道筋がひらけるという感覚があります。

平岡 頭を揺らすと頭のなかの言葉がずれるの？　なんだか物質的というか、金魚鉢の金魚みたいでおもしろいなあ。

新人賞について

我妻 いわゆる初心者の時期を過ぎて、投稿したり歌会に参加したりという経験をひととおり終えた人がよくつまずくのが、連作づくりじゃないでしょうか。一首単位ではある程度満足のいくものがつくれるようになったり、結果が出せていても、連作になると途端にどうしていいかわからなくなるという人は多いと思う。新人賞に応募しようとすると、基本的には連作を組まなきゃならないわけですよね。で、一首単位の評価と連作の評価のあいだにはあきらかに何か断絶があって、歌会でトップをとった歌を三十首なり五十首なり並べれば新人賞でも結果が出せる、ということでは全然ない。逆に歌どうしが魅力を打ち消しあったりもしてしまう。でもそのことについて、選ぶ側はわりとしれっとしてるというか、たとえば一首単位の投稿欄と新人賞での評価を同じ選者でも使い分けてて、ダブスタっぽいところがあるでしょう。

平岡 そうね。「連作」という概念は方便みたいなところはありますね。

我妻　連作という単位自体に中途半端さ、どっちつかずさというのがあるんだよね。それは短歌をつくる人が〈歌人〉になるあいだに通るところをわかりやすくみせる枠組みでもある。新人賞はその、いずれあらわれる〈歌人〉を先取りしてみせなきゃならないというか、どうしてもプレゼンっぽくなるところがありますね。だけど三十首や五十首で手っ取り早く成果をみせる、読み取ってもらう、というのに向いてない作風というのはやはりある。だから新人賞をとらないまま歌集で評価され、いまでは新人賞を選ぶ側に回っているという歌人もけっこういたりする。

平岡　いずれあらわれる〈歌人〉を先取りしてみせなきゃならない、それはたしかにありますね。短歌の新人賞は、採用面接みたいな側面があるかもしれない。御社が第一志望です、定年まで働くつもりがあります、という熱意があるかどうかが評価に含まれているというか。それは選考がフェアじゃない、作品主義じゃない、ということではなく、最初から短歌自体に含まれているものとして。

我妻　そうすると、極端なことを言えば「歌ではなくて人をみる」というか、そこまではいかなくても連作という単位から「人」を読み取ろうという態度が選ぶ側にはあって。でも連作の読みかたは一首の読みかたよりずっと批評的な蓄積とか、コンセンサスがとれてないんじゃないかなという疑いはありますね。人生とか物語寄りの読みに安易に流れがちじゃないかとか。そういう意味でも新人賞をとれるタイプの歌人というのはごく限られていて、とれるならとったほうがいいし賞によって生かされるタイプの人もいると思うけど、まあそれだけが入口じゃないというか、短歌にはその入口からは行けないもう半分があるよ、とは思うかな。

平岡 「その入口からは行けないもう半分」はわかります。新人賞の話題になると、よく「穂村弘も吉川宏志も永井祐も新人賞はとってない」という話になるんだけど、新人賞がなくても大活躍する前例もたくさんあるしね。あ、でも、新人賞を受賞するメリットとはまた別に、「新人賞に応募するメリット」というのはあるのかな、とは思います。

我妻 というと？

平岡 締め切りがないとみんななかなか歌を作らないでしょ。新人賞は締め切りと読者の両方を与えてくれるから、モチベーションの維持には役に立つと思う。「傾向と対策」みたいな考えかたは嫌われるけれど、選考委員に読まれることを意識するのも悪いことじゃないと思うんですよね。普段より遠くに投げるつもりでつくると歌に変化が出ることもある。ただ、とはいえ、賞は応募すると受賞しちゃうリスクがあるのがね。受賞をリスクというのも変なんだけど、さっきの話じゃないけど賞は「歌人採用通知」みたいな面があるからあとに引きづらい。歌歴が浅い段階で受賞して、「そんなつもりじゃなかった」って苦労したパターンもまわりでみてきました。我妻さんは歌葉《うたのは》新人賞に応募していたころがあったでしょう？　賞は欲しかったですか？

我妻 歌葉新人賞は受賞すると歌集を出してもらえるので（いまは同様の賞が複数あるけど、当時はたぶん唯一）、それは魅力的でしたね。ネットでの既発表作はＯＫという賞だったので、応募のために新作をつくるということはほぼなかったんだけど、毎年候補作に残ることで自分のやっていることへの客観的な裏付けというか、座標を与えられるような気持ちがあった気がする。ただ、もし当時の自分の実力で受賞していたらかえって手詰まりだったかな、というのは思います。短歌史的にはとても重要だけど、輝ける行き止まりみたいな賞だったからね。

平岡 歌葉新人賞にかぎらず、「毎年候補作に残る」とかがいちばん旨味のある新人賞との付き合いかたかもしれない、とは思わないでもない。さっき、新人賞について「人生とか物語寄りの読みに安易に流れがち」「新人賞をとれるタイプの歌人というのはごく限られていて」という話があったけれど、歌葉新人賞はすこし印象が違いませんか?

我妻 他の新人賞ならまず受賞しなかったろうな、という人たちが受賞してますよね。斉藤斎藤さんとか。笹井宏之さんだってそうかもしれない。私が候補作に残れるような賞もほかになかったと思うし。

平岡 短歌の性質上、新人賞が「人」を読み取ろうとすること自体はわたしはそれほど間違っているとは思わなくて。新人賞じゃない場面でも、たとえば歌集を読むときに読まれてる要素の大部分は「人」だと思うんだけど、舞台が賞になったとたんにクリーンに「人」を度外視しますよ、という建前には無理があるように思える。問題なのは、無記名の連作という形式が「人」を読み取りにくすぎることのほうだと思う。歌葉新人賞の受賞者たちが、ほかの新人賞の傾向とくらべていわゆる「人生」っぽさが薄いのは、ほかと評価軸がまったく違うというわけではなく、

「人生」という類型的な型を手がかりにしなくても広義の「人」を読める条件が重なっていたのではないかと想像する。公開選考会の存在とか、あと、応募者と選考委員の世代の近さとか。

連作のつくりかた

我妻 新人賞に応募するためにはじめて連作をつくる、という人は少なくないでしょう。私は連作のつくりかたって人に説明できるようなテクニックとしては全然ないに等しいんだけど、平岡さんはどうですか。連作は具体的にどうつくればいい?

平岡 連作はねえ、欠けてる部位が違う歌をならべるのがいいと思う。欠けてる部分によってなにかかっこいい模様を描きだすようなイメージで。

我妻 それはわかる気がする。連作って一首ごとのでっぱりが互いにぶつかり合ってうまくいかないことが多いよね。美点を打ち消し合ってしまうというか。だから歌の欠けている部分のほうに注目して、それで絵を描く、という感覚がつかめると連作の解像度が格段にあがるのかもしれない。あと、韻律面が単調な連作は読んでて飽きると思う。

平岡 完成度の高い歌って形が似ているから、いい歌ばかり並べると同じ音が等間隔で鳴っている連作になってしまうと思うんです。除夜の鐘みたいな。除夜の鐘連作もそれはそれでいいかもしれないけど、どちらかというと、いかにも名歌っぽい歌ばかりを並べるようなつくりかたじゃなくて、なにか欠けのバリエーションを意識して並べたほうがおもしろい連作になりやすいと思います。

我妻 経験的に言って、とくにいい歌とは思わないけどちょっとかたちが変わってるかな、みたいな歌だけ並べていくと、思いのほかいい連作になるんですよね。一首ずつみてたときは予想がつかなかったようなところまで行ける。

平岡 わー、それはわかる。そういう連作にはときどき出会う気がします。「この連作よくない？」って人にみせたくなるくらいいいんだけど、それで「この歌とか」って一首挙げようとすると何かがぱっと消えちゃうの。魔性の連作。あと、連作は歌数の好みもけっこうありますよね。短い連作が得意とか、とにかく長いのがいいとか。

我妻 平岡さんの連作におけるベストの歌数ってどれくらいですか。ベスト体重的な意味で。

平岡 わたしは十五〜二十首かなあ。これくらいがいちばん作りやすい。五首とか七首とか小さい連作をつくるのが下手だと思う。でも我妻さんは五首くらいで発表することが多い？

我妻 私にとって連作はあくまで発表用の形態、決めポーズみたいなもので、つくるときは全然連作単位じゃないんですよね。だから五首なら五首用の並べかたがあるし、百首なら百首用に並べるっていう使い分けに抵抗がない。たぶん私が短歌をつくるときの基本単位みたいなものがあるとしたら、千首とかそれくらいのような気がする。まあもちろんそれは、人前に出る前に〈ダイエット〉することが前提の話ではあるんだけど。

平岡　「五首用の並べかた」「百首用の並べかた」って具体的にはなにが違うと思う？　数の多い連作ははっきりした主題を立てて構成する人が多いと思うんだけど、我妻さんは物語とか主題とかでつくるタイプではないですよね。

我妻　基本的にはあまり変わらないかなあ。連作の中での音とか匂い、色合いの変化のようなものが一首単位で推移するか、五首とか十首単位で推移するか、みたいな違いでしかない気がします。ただ少ない歌数の連作は軽い感じで編んでしまうことも多いけど、本気で勝負に出るときは五首や十首なら「強い」歌だけでそろえると思いますね。つまり、歌会でトップ票を狙いにいくような歌だけでまとめる。

平岡　へえ、わたしの場合は、三十首以上とかになると連作が勝手に物語をはじめてしまう感触があって、それをどう締め出すか、あるいは、あえて物語を迎えにいくか、みたいな苦労がはじまるんだけど、あまりそういうことは起こらないんですね。短い連作を「強い」歌だけでそろえるつくりかたはわかる。短いとそれができるんだよね。

我妻　私は連作への苦手意識がずっとあったんですよ。やはり歌は複数並ぶと物語が勝手に発生してしまうし、それを私の力ではどうしても制御できない。制御できないことに絶望して、あきらめてしまった結果、どう並べても太い物語の線が生じない、そのかわり連作としてなんとなく成立してしまうものに自分の歌をつくり変えることに注力したんです。まあ、そこまで意識的にではありませんが。

平岡　並べかたで工夫するんじゃなくて、歌からつくりかえちゃったんだ。その手があったか、とも思うけど、ふつうはそこまでできないから、長い連作をつくる必要に迫られたときにはそのつど物語との付き合いかたを考えなきゃいけないですよね。物語にもいろいろあって、自分の人生の出来事だったり、下敷きにしたい文学作品だったり、架空の世界のお話だったり、なにかやりたい「物語」がある人はもうそれを積極的に迎えにいけばいいと思うんだけど、「どうしても物語はやりたくないけど長い連作をつくりたい／つくる必要がある」という場合が難しい。わたしはなんとなく連作の下に他のものを敷くのがいいかなと思ってます。季節のめぐりとか、地形とか。春夏秋冬も土地も連続性があるけれど、その連続性は作者からちょっと切れた場所にあるものでもある。そういう要素を連作のなかに置くことで流れをつくるイメージ。

同人誌と歌集

平岡　つくった作品を発表する方法として、新人賞も含めた投稿のほかに、同人誌や歌集など、本のかたちにまとめる、というやりかたがあるわけですよね。投稿は、その作品を紙に載せるかどうかの判断をいったん選者にあずけるわけだけど、同人誌や歌集は自分の責任でつくるわけだから、一段階難易度が高くなる感じがする。

我妻　平岡さんは「町」「率」「外出」と同人誌経験が豊富だけど、読者ではなく参加者にとって、いい同人誌ってどういうものだと思いますか？

平岡　同人の作品がおもしろいことかなあ。同人誌はそれぞれが作家でありつつ、みんなでお互いの編集者やプロデューサーや事務員を兼任する協定みたいなものだから、べつに全員が相思相愛じゃなくてもいいんだけど、この人の作品は絶対おもしろい、わたしはこの人のファンです、みたいな対象が同人のなかにいないとモチベーションが持たないんじゃないかと思います。あと、事務作業が得意な人材がいることと、仕事や発言権が偏りすぎないことと、嫌になったらすぐ解散できることと……。

我妻　読者としては「この人とこの人とこの人が一緒にやったらおもしろそう」みたいなことを作品だけみて勝手に考えるけど、そういうのは雑誌の誌面的な発想であって、同人誌はそういうものじゃないというか、それだけではやっていけないわけですね。

平岡　読んでいておもしろいのはどんな同人誌だと思う？

我妻　たぶん参加者にとってのよい同人誌とは真逆に近いものかもしれない。才能と個性にあふれる尖った人たちが衝突してぎしぎしと軋みを上げて、あっというまに空中分解してしまいそうな、その寸前の状態のもの。そういうのって商業誌でも、ネットプリントみたいなカジュアルすぎる媒体でも読めないものだと思うから。

平岡　アイドルグループもそういう状態がおもしろいからね。我妻さんは過去に「風通し」という一号かぎりの同人誌に参加していたよね。「風通し」は才能と個性のある人たちが集まっていて、空中分解の予感もあって、その特徴に当てはまるような気がするけど、最初から一号かぎりって決まってると、それほどみんなが命を削らずにおもしろい雑誌をつくることもできるのかもしれない。

我妻 一号限りの同人誌でいいからみなさん無茶をしてほしいですね、ぜひ。同人間でも読者にもついトラウマを残すような本を出してください、と思う。そして短歌史に爪痕だけ残して自分たちはさっさと忘れてしまうというのもいいかもしれない。

平岡 いまはネットが盛んだから、SNSでもブログでもいくらでも歌は発表できるんだけど、短歌の世界は冊子形式に対するこだわりはなにかあるような気がしますね。「紙」という物質に対してなのか、「本」という形態なのか。

我妻 ネットは縦書きの居心地が悪いというのがやっぱり大きいと思う。短歌って人間の横に広い視野の中に縦書きで立つことで生じる抵抗感と、一行を囲む膨大な余白によって詩であることを保証されているところがあると思うんですね。だから余白に紙という物質性を与えてくれる「本」という形態がいまもまだ最適解であり続けているんじゃないかな。

平岡 わたしは一冊目の歌集を出すのが遅かったから、まわりから「歌集を出しなさいね」ってすごくたくさん言われてきて、そう言われることにいろいろ屈託はあるんだけど、反面、人の歌を「本のかたちで読みたい」という気持ちはすごくわかるんですよね。

我妻 私は小説とか、他ジャンルのものも含めて原則としてなんでも紙の本で読みたいところがあるので、短歌が特別そうというわけではないんだけど。ただ、あるひとりの作者の歌だけがまとまった状態として存在していると、歌の行間が本の中で一周しているような完結性が生まれてそこに「歌人」が感じられる、とは言えるかな。歌集は「人」を読むものだって平岡さんは言ったけど、歌集は連作よりも物質的に「人」に近いものですね。

平岡 物質だから「人」を感じられるというのはあるよね。歌集って書き下ろしされることはほとんどなくて、どこかしらに発表したものの集大成って場合が多いと思う。ということは歌集のかたちになる前から少なくとも材料はそろっていることになる。自分の話をすると、わたしは歌集を刊行する何年も前からずっと「自分の歌集」が形而上学的には存在しているのを自分では感じていて、だからいいじゃん、って気持ちがあったんですよね。出せって言われるけど、存在はするもん、あとは物質化するだけだもんって思ってた。でも、まあ、その最後の一手というか、物質化することのスペシャル感が大事だったんだな、というのもいまではわかるんですけど。

我妻 だけどその、歌集の「魂」のようなものが本として物質化する前からあったというのは大事なことですね。「魂」がないのにあわてて物質化されてしまうのは歌集にとって不幸なことだから。

平岡 それはそのとおりです。

笹井宏之一首評

かわむきき と かなしい のか

我妻俊樹

かわむきき　誰かのために皮を剝く　かわむきき　かわむきき　かなしい　笹井宏之

「かなしい」がここで響くときにわれわれが驚くのは、この歌に語られた言葉に対する最初の反応をわれわれの誰よりも先に、ほかならぬ歌自身が発している現場に立ち会ってしまったことの驚きなのだと思う。「かわむきき」という言葉をくりかえしつぶやきながら、その言葉の中にあるかなしさを歌自身が聞きとった瞬間がここには記録されている。

作者もまた読者のひとりであり、作者はみずから記した言葉を読み、それに反応してさらに言葉をつづっているのであるが、ここではおどろくべきことに、短歌というごく短い詩型のなかでその反応の側の言葉が一首の終わりまでにらくらくと〝間に合って〟しまっている。つまり連作の中でいくつかの歌にまたがって示されるのではなく、一首のうちに作者みずからがその一首そのものを読んだ痕跡までがみごとに見切れずに収められてしまうという、ほとんど記述における驚異的な運動神経の表現のようなものを言葉が軽々と示していることをわれわれが目撃する(と信じられる)のだが、ではわれわれがこの歌をみつめる自分をそのような、普段ならありえないほどのすぐれた動体視力の持ち主であるかのように感じてしまうのは、いったいなぜなのだろうか。

この歌の言葉の運動の記録性を読者であるわれわれに共有させているのは、一首にくりかえされる「かわむきき」に含まれる「か」の音が、その一語より滲み出て一首全体に広がっているという事態である。「かわむきき」に含まれるそれを入れれば一首中に全部で六回響く「か」の音が、当然問題の「かなしい」の中にも響いていることにより、われわれは「かわむきき」を「かなしい」と反応するこの歌の言葉がたんに「誰かのために皮を剝く」という擬人化された献身の光景以上の根拠をもつはずだと(理由もわからぬまま)信じることができるのである。

また「誰か」や「皮」にまでひろがって響きつづけるこの「か」の音が一首を読みたどるわれわれの中に徐々にたくわえていた何ものかに、歌自身が最後に「かなしい」という名前を与えてくれたようにも感じるのである。つまり「かわむきき」は「かなしい」のだということを、たしかにわれわれはこの歌を読みたどるあいだに知っていたのだと、軽く驚きながら腑に落ちるのはわれわれがここで音の体験と意味の体験をそれぞれにしている、その両者の落差へとこの「かなしい」が投げかけられているからである。

「誰かのために皮を剝く」から「かなしい」のではないのだ。いっけんそのように言っているようにみえて、じつはまったくべつなところから響いてきているところにこの「かなしい」の稀有な驚きがある。そしてその驚きの現場にわれわれを釘付けにしておくのが「誰かのために皮を剝く」の擬人化のもたらす意味的な納得と共感であり、あるいは「か」の音の連続した響きによる無意識の支配である。そして前者についてはじつはミスリーディングであり、われわれは一首を読み終えた時点ではその共感をひそかに裏切られているのだ。だが裏切られていることを意識できないために、一首の終わりに景色がいきなり変わり果ててしまっても、その理由もわからないまま呆然とこの場をいつまでも去りかねているのである。

永井祐一首評

パーソナルスペース

平岡直子

今年だな去年じゃなくて　エレベーター気づいたときに十階に着く

永井祐『広い世界と2や8や7』

動いているエレベーターと建物の床はずれている。頭のなかで今年と去年がずれている。歌のなかでは日本語の語順がずれている。すべてのずれが最後にぴったっと解消される。なんだか日蝕とか月蝕とかを連想する。それぞれ勝手にまわっている太陽、地球、月の三つの天体がたまたま一直線上に並ぶとき発生する現象だ。『広い世界と2や8や7』には小さな日蝕や小さな月蝕がたくさん散りばめられている。生活のなかでは要素が無数に横切っていくので理論上はほとんどどんな瞬間でも日蝕は見出せるだろう。

この建物は十階建てなのではないかと思うのは、ある気づきが脳に到達することと、エレベーターが最上階＝建物でいう頭部に到着するイメージが重なるからだ。考えごとを終えて目をひらく瞬間のようにエレベーターが扉をひらく。身体とエレベーターがどこか同期する。歌のなかでエレベーターが上昇する動きと反対に読者の眼は歌を下降する。エレベーターの箱の裏側では、エレベーターと釣り合わせるおもりが下降しているだろう。エレベーターと定型もどこか同期する。

永井祐の歌に空間性があるのは、何の「なか」にいるのかについての意識があるからだと思う。エレベーターの「なか」にいるときはエレベーターの、そのときどきの空間の輪郭を意識することで、その空気を歌に囲い込む。空気とは、季節やロケーションや他者の存在などの外的要因と、自分の状態や気分が混ざりあい、ときに相互に影響する潮目のようなものだ。

第一歌集の『日本の中でたのしく暮らす』に〈テレビみながらメールするメールするぼくをつつんでいる品川区〉という歌があって、第二歌集の『広い世界と2や8や7』に〈メールしてメールしている君のこと夕方のなかに置きたいと思う〉という歌がある。よく似た内容の二つの歌をみくらべるとき、既成事実として〈ぼく〉を包んでいる〈品川区〉を受け入れている一首目に対して、能動的に〈君〉を〈夕方のなか〉に置きたいという表明をしている二首目からは、「なか」への意識が進化していることが感じられる。『日本の中でたのしく暮らす』と『広い世界と2や8や7』はある意味ではほぼ同じタイトルだと思うけれど、「2や8や7」は、「287（首）」という並びになる偶然性を待ちながら浮遊する太陽と月と地球だ。どちらの歌にも、メールのなかみはすこしも書かれていない。何が「去年じゃなくて今年」だったのかも書かれない。人のなかみが何であるかということより、人が何のなかみであるかということのほうがずっと優先されている。まったくそのほうが大事だと思う。

歌に書かれてないことは読んではいけない、という言説が嫌いだ。できることなら、歌に書かれていないことしか読んではいけない、というお触れを出したい。だけど、たいていの場合はどんなことを話しはじめても、それがすでに歌に書かれていたことに気づいてしまうだろう。〈押しボタン式だとわかるまでの時間なにかの花が満開だった〉（丸山るい）という歌を複数人で鑑賞したときに、わたしがいちばん美しいと感じた評は「（この歌の作中主体は）働いている感じがする」というつぶやきだった。そう言われてみれば、たしかに働いている人間が、働いている日にみた光景のような気がする。その設定の「なか」に置くときに歌の画質が上がると思う。なぜそう思うんだろう。なぜエレベーターが到着した十階にはレストラン街があるように感じるんだろう。

短歌は汎用性のある着ぐるみだ。短歌は汎用性のある着ぐるみではない。ひとりとして同じ内面を持つ人間はいないとみなすのも、全員が同じ内面を持っているとみなすのも、ほとんど同じことのような気がする。

葛原妙子と森岡貞香が「斎藤茂吉をこっちにとっちゃおう」と談合していたというエピソードが好きで、わたしはこのごろ「永井さんをこっちにとっちゃおう」とだれもいない家のなかで虚空に向かって話している。永井さんはまだ生きていて、生きているどころかわたしにはほんのいくつか年上なだけだけど、わたしたちの世界は速いので。だれが歌聖になるのも待っていられないので。みんなでひとつの生き馬の目を抜いているので。

平岡直子一首評

曖昧さとシンメトリー

我妻俊樹

王国は滅びたあとがきれいだねきみの衣服を脱がせてこする

平岡直子

上句が下句のことを言っている、下句のことを比喩的に言っているのだという読みに誘われるのだが、下句は上句といかにも短歌らしく釣り合うには、その具体性を意味として目鼻がそろうようフレームに収めてはいないようにみえる。

たとえば「きみ」の汚れてしまった衣服を脱がせて、その汚れを落とすべく水で濡らしてこすっているのだ、とこの光景を納得するには、「こする」対象が「きみ」本体である可能性を下句の措辞は手放していない。あるいはテーブルや床に何らかの液体をこぼしてしまった後始末をするものがとっさに周囲にみあたらず、「きみ」に命じて「衣服を脱がせ」た可能性がゼロだという証拠もどこにもないだろう。これらの読みの優先順位は上句との関係をどう読むかで変動するだろうし、下句の誘惑的な曖昧さというべき措辞はこれら以外の読みの可能性にもなお開かれたままである。いずれを採るかでここにいる二人の関係性は微妙に、あるいは極端に変化することになるはずだが、「脱がせてこする」という性行為になじみの深い動詞を二つ畳み掛けた歌の表情は、あくまでその性行為的な印象を通過してから一首を読み取ることを要求しているようであり、「話はそれからだ」とわれわれの前に視界を覆うように立ちふさがっているかのようである。

三句目「きれいだね」に四句目が「きみの」とつづくとき、この「き」の音の接近の印象を残したまま五句目の「こする」にいたることで、読み手は初句にあった「王国」の「こ」の音を思い出すことになる。「滅びた」「脱がせて」という上下句の喩的関係のキーとなるそれぞれの動詞をはさんで、「き」の音と「こ」の音がシンメトリックに配置された歌の最初の文字が「王」というシンメトリックな漢字であるというこの一首の〝美しさ〟にも、われわれはすでにかすかに気づいていたはずなのである。

曖昧さを定型がじかに支えるような貧しさと無縁であることが、この歌を意味と無意味のあいだに危なげなく立たせる力となっている。曖昧さを帯びた言葉をひそかに裏から支えるこうしたたくらみは目にはみえないかもしれないが、たしかにわれわれの耳には聞こえていたし、瞳の表面に筆先のように触れてもいたのである。

短歌とは定型でも定型にととのえられた言葉でもなく、それらの間にあるもの、ありえない方向に構造化された隙間のことなのではないか。

永井陽子一首評

雨戸と瞼

平岡直子

雨戸のむかうは海であつたといふやうな朝は一度もなくて古き家

永井陽子

もともと海から隔たった場所に建っている家なのだろうけど、「家の外がある朝とつぜん海だったらやばいな」という期待よりは「どうして家の外が海だったことがないんだろう」という飲み込めなさのほうを感じる。一度くらいは起きたら外が大海原になっていてもいい。その発想は、古い家ならではの「雨戸」に由来するところが大きいだろう。

雨戸は家と外を遮断する。たとえば窓やカーテンのように外との不完全な境界を引くものとは異なり、完全に遮断するからこそその内側にいると外への想像がかきたてられる。雨戸の閉まった夜の家の箱舟のような居心地を思うと、ちょっとくらい外の景色が変わっていてもおかしくない気がするどころか、ある朝起きたら家が海に浮いていた、というような事態くらい期待したくなる。わかる。

また、雨戸は「夜に完全な遮蔽をするもの」として、人間の瞼を連想させるモチーフでもある。つまり、この歌のなかには「眠り」というテーマが閉じ込められていて、眠りというもの自体のおそろしさ、同じ場所で同じ自分として目覚められるかわからない、というような不安も表現されているのだと思う。

「雨戸を開ける」ことと「目覚めて自分の目を開く」こと、つまり家と身体の重なりは、雨戸＝瞼という連想のほかに、「一度もなくて」というつよい言いきりにもあらわれる。「わたしは個人的にはみたことがない」程度のニュアンスだろうか、と思いつつ、どうしても「この家にそのようなことは一度もなかった」というような断定を感じてしまう。「古き」という把握のとおりにこの家が住人よりも年長なのであれば、いや、そうでなくても「一日たりともなかった」と言いきれるのはおそらく家自身だけだ。ここの「なかった」ことへの確信には、住人としてだけではなく、家として発言している気配がある。

掲出歌においての「雨戸を開ける住人」と「家」とのあいだには、同じ作者の〈うつむきてひとつの愛を告ぐるときそのレモンほどうすい気管支〉においてレモンと気管支のあいだに、あるいは〈冬瓜が次第に透明になりゆくを見てをれば次第に死にたくなりぬ〉において冬瓜と身体のあいだに瞬発的に起こっているのと同じ種類の同期が、これらの歌よりもゆったりとひそかに起こっているのではないか。「家」の記憶との接続によって人の一生の単位を超越したかのような一首は、地形が変わってあたりが実際に海になる未来の遥かさもわりと身近に引き寄せているようである。

第2部

よむ

実作と批評

我妻　短歌をやっている人で、他人の歌の評をしゃべったり書いたりいっさいしないという人は珍しいと思います。歌会で当てられてちょっと感想を言うのも含めて、実作と評はセットみたいなところがありますね。でもいい歌をつくる人がいい評をするかというと、必ずしもそうと言えないところがある。歌はすごいけど評は平凡とか、逆に評はめちゃくちゃ鋭いんだけど歌は普通だなと思うようなことも多い。

平岡　実作と批評がセットって、コーチと選手を兼任するとか、監督と主演を兼任するようなものでしょう。どっちもできる資質の人も稀にいるけど、ふつうは実作と批評で同じ水準のものは出せないものなんじゃないかと思う。じっさい、人手が足りているジャンルではたいてい分業しているわけだし。

我妻　批評を書くこと、他人の歌を批評することが実作にプラスになるという考えかたもあるわけですよね。私は必ずしもそうとは限らないかなと思うけど。

平岡　プラスには……なるんじゃない？　基本的には。ひとりの選手が、同時に優れた監督になれるとは限らないとして、でも脳内に監督目線をインストールしたほうが選手としていい働きはできるようになりそう。それが弊害になる場合もあるってことかな。

我妻　歌をつくるという営為のうちに、そもそも監督目線的なものは含まれてると思うんですよ。ただしそれは自分専用の監督。専任の、プレイヤーと一体化した監督なんだけど、そのやりかたで絶妙にうまくいってたものが、監督目線を他の選手にも向けてしまったばっかりに、いままで繊細に成立してたバランスが崩れてなんだか歌が普通になってしまう。そういうことはあると思う。もちろん、たいていの歌はむしろまずは「普通」になったほうがいいのかもしれないけど。

平岡　なるほど。歌と評が同じくらいにいい人は珍しい、というのはそれはそうなんですよね。それで、評のほうがいいタイプの歌人の作品を読むと、両立が難しい仕組みはなんとなくわかるような気がする。乱暴な言いかたなんだけど、実作ってちょっとバカになってつくらなきゃいけない部分があって、でも評がよすぎる人は一瞬もバカになれないんだなと思う。

我妻　それはよくわかる。歌と評がどっちもいい歌人の場合は、評で発揮している頭のよさをけっして自分の歌には向けない、という切り替えができている感じがします。その人自身の実作のために必要な土地を、批評的には手つかずの謎として残しておくことが必要なんだと思う。

平岡 うん。でも、「たいていの歌はむしろまずは『普通』になったほうがいい」というのにも賛成です。歌と評で、評のほうがいいというのはかなりレアケースだから、評がよくなりすぎることの心配はふつうはしなくていいんだと思う。

我妻 短歌に限らないけど、作品をつくるには「特に理由はないけど、これがいいような気がしてならないからこうする」みたいな決断の場面が出てくるわけですね。直感とか無意識とか、自分で理由を示せない判断の積み重ねで作品はできている。批評はそういう無意識のカタマリを相手に「どうしてこの歌はこんなかたちをしているのか」を理屈で説明しなきゃならなかったりする。実作するときはいったんその姿勢を捨てないと、一から十まで理屈で語れちゃう歌をつくりかねない。そういう歌はたぶんつまらないし、作品として読むより作者自身の解説を聞いたほうがおもしろいんじゃないかな。

平岡 うんうん。

我妻 いっぽうで、作者が考えてもいないことを批評が読み取ってしまうのを「深読みしすぎ」みたいに批判するのも違うというか。短歌をつくることは定型や言葉との共作みたいなものなので、作者の知らないしくみが定型や言葉によって歌に持ち込まれてるはずだし、それを読み取るのは批評の仕事だという気がします。

いい批評とは何か

我妻 平岡さんは一首評や時評など批評文をたくさん書いているけど、批評の書きかたというのはどうやって覚えたんですか。

平岡 その質問は嫌だなあ。正当な手順を踏んで「書きかたを覚えた」おぼえがないからなんだかうしろめたくなる。完全に見よう見まねです。

我妻 批評文は論文じゃないので、書きかたのきまりというのはないし見よう見まねで覚えるものだと思います。それでも、というかだからこそというか、短歌の世界ではなんとなくみんなが似たような感じの批評文を書く印象があるんだけど。歌人としての義務を淡々とこなしてる、という気配の文章が多くて、歌人の批評には正直あまり魅力を感じないことも多いんですが、平岡さんは昔からそういう決まり文句的な、レディメイドの批評文を書かない人だった。いま、平岡さんみたいな批評を書きたい若い人は多いと思います。

平岡 そんなことはないと思うけど、ありがとうございます。わたしは「批評は賢い人が書くもの」という風潮が嫌なのかも。自分が文章の書きかたを習ったことがなくて、教養もないから。道具がかぎられているために、かぎられた道具は最大限振り回そうと思っていて、そのせいで多少アクロバティックな書きかたになるところはあるかもしれないです。これって短歌の世界だからどうにか許容してもらえている話だとは思うんだけど。批評も作品のうち、と思ってもらえるというか。

我妻　どういう批評をいい批評、おもしろい批評だと思う？

平岡　短歌の評に関しては、「これほんとに思ったんだな」ってことがひとつでも書いてあると、あ、いいなあと思う。

我妻　読む対象が短歌くらい短いと、逆にほんとうに思ったことを書くのが難しいということかな。

平岡　短歌は読みかたにも「型」がありますよね。「こういう表現に対してはこういう反応をするものだ」という暗黙の約束のようなものが。この「型」はすごく有用なものでもあって、自力では読めない歌ってけっこうあるものなので、読みの「型」を知ることで、やっと歌の奥のほうまで腕を突っ込めるようになったりもする。でも、その型を内面化しすぎると「インストールした歌人人格」がオートマティックに喋ってるような評になっていくと思う。オートマティックじゃない部分があると嬉しい。

我妻　型を覚えるだけでけっこう格好がついてしまうわけですね。そこでわざわざ自分の思ったままのことを入れて不格好な、いびつな評にすることに抵抗を感じるかもしれないけど、評っていうのは不格好でいびつなのが普通じゃないかと思う。格好よく決まりすぎてる評はむしろなんかインチキしてるんじゃないかと思うな。

平岡　うん。その不格好でいびつな評は発明につながるんじゃないかな。なにか、いままで言われてなかったことを表現するための言いかたの発明。発明がきらっと光ってみえると、「この評を

我妻 読んでよかった！」って思う。

短歌の評をする人はほとんど実作者だから、技術面の解説みたいな読みかたはだいたい得意だと思うんですよ。でも作品のおもしろいところって、ジャンル内の共有財産みたいなテクニックからはみ出たところにあるものでしょう。技術論ではカバーできないところにどう踏み出していくか、っていうのが批評を書く醍醐味だという気がしますね。

歌を選ぶこと

平岡 わりと多くの人にとって「歌について何か言う」機会としていちばん身近なのは歌会だと思うんだけど、我妻さんは歌会でいい評ができたなと感じた経験とか、人の評のなかで聞いていて印象的だった発言とかはありますか？

我妻 歌会に出ると、基本的にみんなすごいなと思うんですよ。場合によってはたった数分前とか、せいぜい十数分前に渡された詠草をみてすらすら感想や意見が言えたりするでしょう？ 内容が印象に残ることはあまりないけど、まずそのことに圧倒される。私自身はそういうの全然だめで、一首を読むことにけっこう時間がかかるほうですね。だから「いい評ができたな」と思うときは普段から短歌について考えてることにぴったり当てはまる歌に当たって、うまく説明できてしまった場合かな。それを「いい評」と言っていいのかという問題はありますが。

平岡　一首読むのに時間がかかるタイプの人は当然たくさんいるはずなんだけど、そういう人は結局歌会に寄り付かなくなっていくからあまり出会わないのかな。ぱっと読みを立ち上げること自体にゲーム的な喜びを感じるタイプが歌会ジャンキーになっていく印象がありますね。

我妻　歌会ジャンキーっぽい人は歌人にはけっこう多いよね。定期的に歌会を摂取しないと禁断症状が出るという人たち。私は歌会のゲーム性にはそんなに興奮できないタイプだから、みんなが歌会好きな理由を本当のところはわかってないと思います。私が知ってるような歌会はだいたい匿名詠草でやってるはずだけど、まだ世に出されてない歌が作者名などあらゆる文脈をまとわずに目の前に現れる、それをはじめて相手にすることに興奮してるのかな、と想像するんだけどどうなんですか。

平岡　新雪を踏むときのよろこび、みたいな？　歌がまっさらな状態であることへのわくわく感はあるかもしれないですね。歌のうしろに想定される作者像って、仮に作者名が明記されている場合でも、つねに「なにかの最大公約数」だと思うんです。人間の最大公約数だったり、日本人の最大公約数だったり、だから、その「人間」や「日本人」から、ほんとうに正しい最大公約数が算出されているのか？　ということが議論になったりもする。で、歌会では「その場にいる人間の最大公約数」的な作中主体像が即興的に立ち上がる感じがして、それって、場による偏差がすごく大きくなるわけなので、そのへんも生々しくておもしろいところなのかもしれない。

我妻　うん、歌会が作中主体像をライブで立ち上げていく場だというのは、経験的にもよくわかります。私はそれが苦手だったんだなというのもなんとなく思い出した。

平岡 なんにせよ、歌会が好きな人は、自分の歌がどう読まれるかよりも、評をうまく言えるかどうかに重心を置いている感じはしますね。

我妻 なんかね、いい歌なんてそうそう都合よく毎回ないでしょう？　と思うんですよ。歌合せ（歌人が二組に別れて歌の優劣を争うゲーム）ほどじゃないけど歌会もディベートみたいなもので、必ずしも本当にいいと思う歌を推すわけじゃないですよね。その場では一首なり何首なり選ぶ決まりだから、仮にこの歌がいいということにして、その前提で評を組み立てるわけです。だからこそ評の練習になるんだけど、それって半分嘘の評でしょとも思う。そこがわりと歌人の世界の弱さというのかな、半分嘘でも褒められたらうれしいわけだし、人をうれしがらせてしまった評のことは、言った側もどこか信じてしまうんじゃないか。そういう意味で、歌会という空間は歌にも評にも優しすぎるところがあるんじゃないかな、といまは思ってます。

平岡 「半分嘘の評」わかります。そこがゲームっぽいところでもあるわけだよね。じゃあ、我妻さんにとって一首の歌とのいい向き合いかたってどんな感じですか？　一首評を書くこと？

我妻 そうだね。一首ごとに批評をルールから立ち上げていく、というのが理想ではありますね。平岡さんが「日々のクオリア」でやっていた一首評が理想に一番近い。どんな評をするかより、どの歌を評するかのほうが歌人にとってずっと重要だと思うんですよ。要は選歌眼ですね。読むことで自分自身のどこかが書き換えられてしまった、という記録になってないような評には仕事の匂いしかしない。数ある歌の中からそういう歌にちゃんと気づいて、選び取れることが大事でしょう。好きな歌とは限らなくて、なんとなく引っかかる歌とか、嫌いな歌の場合もあると思うけど、とにかく不可逆的な関係を結んだと感じる歌が一首あれば、その関係にまじめに向き合って読み解くだけで評は書けると思う。

平岡 「日々のクオリア」は砂子屋書房という出版社のホームページ上のコンテンツですね。一首評ブログみたいなやつ。わたしは二〇一八年に担当していたんだけど、あの仕事はすごく楽しかった。でも、一日置きに締め切りが来るというスタイルの連載で、常に次の締め切りが目の前に迫ってる状態だったので、それが枷でもあり、エクスキューズでもあったなあ、とは思うんですよね。歌会よりははるかに批評対象の選択肢が多くはあるけど、「半分嘘の選歌」や「半分嘘の評」はしていると思う。なんかね、選歌が大事というのは、それはもちろんそう、というのは踏まえた上で、なんかぶつかってきたものについて書くことのおもしろさもあるかなあとは思うんですよね。我妻さんはむかし「ゴニン デ イッシュ」(http://tanka.yaginoki.com/) というウェブ上の企画で吉川宏志の歌の評を書いてるよね。五人の歌人が同じ歌について評を書くという企画。我妻さんのあの評はすごくおもしろかったけど、ああいうのは自分で歌を選んでないからこその評かなあとか思ったりも。

我妻 あれは石川美南さんの企画で、彼女が吉川さんの歌を選んだり、その評者のひとりに私を選ぶことや、私がその依頼を受けることなどに広い意味での「選歌」的なものがあったと思います。

ただ、そういう自分の意思をこえた動きにさらされてないと選歌はどんどん硬直してしまうというか、いったん決めた選歌基準を食いつぶしていくことになるのかも。だから嘘がまったく入る余地のない選歌や評っていうのも、それはそれで貧しいものなんでしょうね。選ばれることと選ぶことにそんなにはっきり線引きはできないし、自分ひとりの力で選歌はできないっていうことかな。

笹井宏之へのとまどい

我妻　ではじっさいに歌を読みながら話をしていきましょうか。

この森で軍手を売って暮らしたい　まちがえて図書館を建てたい　笹井宏之

現代短歌でもっとも広く知られた歌人のひとり、笹井宏之の代表歌のひとつです。森で軍手を売って暮らしたい、図書館を建てたいというのは昔話みたいな、おっとりしてメルヘンっぽい世界への閉じこもり願望みたいなものにみえます。そこに「まちがえて」という語が割り込んでくることで「図書館」の位置がずれて、四句から結句にかけてまたがってしまう。それで図書館という語が「図書」と「館」に割れ、がたがたになっていくリズムがいかにも「まちがえて」という感じでもあるし、この閉じかけた空想を空想で完結させない、リアルな揺れを呼び込んでいるようにも感じますね。つまりこの歌は下句の句またがり、語割れがすごく効いてると思う。

平岡 この歌懐かしいなあ。笹井さんが歌葉新人賞をとったときの受賞作に入っている歌ですよね。二〇〇二年から二〇〇六年まで、たった五回しか開催されてないんだけど、重要な歌人を何人も世に出した伝説的な新人賞。個人的な話になるんだけど、わたしは歌葉新人賞とはほとんどすれ違いだったの。学生短歌会に入って本格的に作歌をはじめた年が二〇〇六年だったんだけど、その年が歌葉新人賞の最終年だった。「注目度の高い新人賞の最終回がもうすぐ締め切りらしい」って知って、応募してみようかと思って、とりあえず前年の受賞作を読んだんです。ネットで公開されていたので。

我妻 歌葉新人賞は毎回、候補作に残った段階で全首ネット公開してたんですよね。

平岡 それが笹井さんの連作だったんだけど、複雑なレトリックや難しい言葉を使っていないようにみえたものだから、「こんなの絶対にわたしにもつくれる」と思って、でも、同時に、それゆえの「どこが評価されたのかまったくわからない」で頭がいっぱいになって、なんだかよくわからなくなって結局応募しなかった。当時のわたしの目には、あまり心がこもってるようにみえなかったんですよね。自動筆記的に書かれた歌のようにみえて、言葉の根拠がよくわからないのに、いいとか悪いとか判断できる意味がよくわからなかった。この歌もすごく印象に残ってるな。その後、短歌をつづけるうちに笹井さんの歌の読みかたもよさもだんだんわかるようになっていったけど、初見での「これはどう読めばいいんだろう……？」はけっこう強烈だった。すごく悪いとか、すごく劣っているとか感じたわけじゃなくて、「なんとなくいい感じ」はするから逆に混乱したというか。笹井さんの作品のなかには、わかりやすいエモいポイントがある歌もあるけど、そうじゃない歌は、短歌のコードをわりと知っていないと読めないいんじゃないかと、それ以来ずっと思ってます。我妻さんはわたしと違って初心者じゃない状態で笹井さんの歌と出会ったんだと思うけど、この歌とか、初見のときからけっこうピンときましたか？

我妻 いまみたいには言語化できなかったけど、すごいものを読んだと思った。同じ回に私も応募して候補に残ってたんですが、この歌を含む笹井さんの連作を読んですぐこの人が受賞すると確信したし、びっくりしましたよね。やられたと思った。たとえば雪舟えまさんの歌ではすごいことが起きてるけど、それは話者というか作者というか、声の主の特異なキャラクターや文体に負って実現しているところがあると思う。そこをもっとフラットに平熱の言葉でやれないか、というのはぼんやり考えてたところだったんですよ。それをいきなり完璧に実現したものをみせられた、という感じだった。このときの笹井さんの連作には助走とか溜めみたいなものが全然みえなくて、どうしてこんなことができるのかわからなかった。その感想は当時の平岡さんのとまどいと通じるものがあったかもしれない。

平岡 へええ、初見でそこまで反応してたんだ。わたしは雪舟さんの歌のほうには初心者のころからすごく惹かれていて、それはやっぱりいま我妻さんが言ったところのキャラクター性が読みの補助線になっていたんだと思う。短歌に関しては初心者で、読みかたがまだよくわからなくても、雪舟さんの歌には強烈に魅力的なキャラクター性があるから。笹井さんの歌にはそういう手がかりがぜんぜんみつけられなくて。それって「助走」や「溜め」がない、という話と関係しているのかな。

我妻　笹井さんの歌の話者は匿名性が高いですよね。たしかにキャラクターっていうのは「助走」や「溜め」によって作り出されるものなのかも。

平岡　軍手の歌はわたしも「まちがえて」がおもしろいと思う。笹井さんの歌は我妻さんが言うように「おっとりしてメルヘンっぽい世界への閉じこもり願望」がたしかにあって、きれいでかわいい架空の世界みたいなものが描かれているんだけど、空想世界としての強度がそれほどない。すぐにあっさりと裂けて現実の世界に手が触れてしまう、というところがありますよね。たぶん、その強度のなさが歌の透明感、儚さにも寄与しているんだろうけど。

我妻　キャラクターっていうのは、空想世界の強度をたかめる城壁みたいなものなんだろうか。笹井さんの歌はキャラクターの世界ではないけど、話者が完全に透明というわけでもなくて、共通する話者の性質みたいなものはなんとなくありますね。以前平岡さんは「文學界」二〇二二年五月号の短歌特集の鼎談で「笹井さんの歌は働きたがるところがおもしろい」と発言されてたでしょう？　この掲出歌についても触れてて「おとぎ話みたいな雰囲気なのに、軍手売りっていう謎の勤労をしようとしている」と。それを読んで私は、笹井さんは宮沢賢治に似てるのかなと思った。

平岡　笹井さんと宮沢賢治！　それはすごく斬新な取り合わせ。でも、言われてみればちょっと浮世

離れしている感じは似ているのかもしれない。賢治は短歌もつくっていて、

いざよひの月はつめたきくだものの匂をはなちあらはれにけり　**宮沢賢治**

とか、好きな歌なんですが、笹井さんとの類似点は童話を思い浮かべるとわかりやすいのかな。たとえば『どんぐりと山猫』で、擬人化されたどんぐりたちが妙にすれた感じの「めんどなさいばん（面倒な裁判）」を行う感じとか。

我妻　『猫の事務所』のぎすぎすした職場で孤立する感じとかね、宮沢賢治の童話には勤労することへの奇妙な執着が感じられます。ただ賢治はかなりキャラクター寄りの世界ではあるよね。笹井さんがそうならないのは作家としての資質の違いもあるし、小説（童話）と短歌というジャンルの違いもあるでしょうか。短歌はキャラクター的なものを受け入れる余地が少ない。あ、でも「雨ニモマケズ」とか詩になると賢治もキャラクター性が薄れるし、あの滅私性というか奉仕への志向は、笹井さんの世界ととても近い気がする。たとえばこういう歌とか。

ねむらないただ一本の樹となってあなたのワンピースに実を落とす　**笹井宏之**

キャラクターの有無に関してはやっぱりジャンルの違いが大きいのかな。

平岡　〈ねむらない～〉の歌、「文學界」の鼎談で「二十四時間戦えますか」っぽいって言ったんだよね（笑）。「雨ニモマケズ」は、困ってる人の力になるために東西南北に奔走するくだりがありますよね。世界に休みなく奉仕することがわたしの使命です、みたいな感じがある。「心の清らかさ」的なものとはなにかちょっと違うような気がするんだけど、これはなんなんだろう。

我妻　「心」の話ではないような気はしますね。たぶんだけど、詩歌という身体はもともと二十四時間営業で、絶え間なく働き続けようとするものなんじゃないかな。散文はその中にいながら休んだり仮眠くらいとれるものな気がするけど、詩歌はおそらく違う。賢治も笹井さんも闘病しながら創作を続け、早逝した人で……というプロフィールに安易に結びつけるべきじゃないけど、詩歌を第二の身体としたときそういう「二十四時間営業」的性質につよくシンクロするタイプの作者がいるんじゃないかと思います。

平岡　詩歌は二十四時間営業……？　コンビニみたいだね。でも、心の話ではなく、詩歌の生理によるものだというの、しっくりきます。わたし自身も、自分が散文をつかっているときもご飯食べてるときも寝ているときもずっとバックグラウンドでつねに短歌は動いている、というような感覚はあるかもしれない。「雨ニモマケズ」では、東西南北ぜんぶに行くし、あと、冒頭で「どんな天気の日もがんばる」みたいなこと言うでしょう。そういうところも全方位的というか、「二十四時間営業」に通じるかも。

指なめて風よむ彼をまねすれば全方角より吹かれたる指
鹿の角は全方角をさすだめな矢印、よろこぶだめな恋人

雪舟えま

我妻　「短歌」の地肌がみえてるみたいな気がして読むたびにちょっとびくっとする歌。自分でもあまり理由がわかっていなかったんだけど、「全方角」がポイントなのかも。とくにその一首目の、風を読む指ってとても短歌っぽいモチーフだなと思います。唾で湿らせてピンと立てて全方角に晒されてる指って、形象としても機能としても短歌のことだ！　という感じがする。

めくる、はがす、あふれる

平岡　雪舟さんについては、わたしが初心者のころから強烈に惹かれたのはこういう歌。

(自転車は成長しない)わたしだけめくれあがって燃える坂道
だって好き　風にスカートめくられて心はひらくほかなきものを

雪舟えま

自転車とかスカートとか、身体に近いモノとの関係が独特だなと思う。

我妻　奇しくも、どちらの歌にも「めくる」という動詞が出てきますね。私が好きな雪舟さんの歌に、

すじ雲のようなシールのはがし跡　お願い　だけどいったい何を　雪舟えま

というのがあるけど、この歌の「はがす」という動詞も「めくる」と似たところがあるかもしれない。

平岡　めくる、ほんとだ。自転車の歌でめくれているのはたぶん実際にはスカートなのではないかと思うので、わたしが挙げた二首はわりと似た歌なのかもしれない。同じ場面の別カットみたいな。「めくる」は好きな動詞です。いまみえているのとはまったく違う世界がそこから暴かれるのではないか、という期待を募らせる動詞だと思うんですよね。

我妻　雪舟さんの歌ではこういうのもある。

なんにも挟まずに本を閉じている凄く怒ってる透きとおってる　雪舟えま

こちらは「本」というめくるためにあるようなものを前にしながら、その権利を放棄するかのように「なんにも挟まずに本を閉じて」しまってる。雪舟さんの世界では「凄く怒ってる」というのはそういうことなんだと思う。めくれることの多幸感を詠った先の歌とは対極にある

ような一首。

平岡 すじ雲の歌はどんなところが好き？

我妻 これ、この歌自体が「シールのはがし跡」みたいだなと思うんです。お願い、と祈るような言葉だけ残して、その内容は剝がれて、失われてしまったような歌。それがなんていうか「ほんとうに失われてしまった」と思えるんだけど、歌の中で何かを見失った、忘れたっていう自己申告は普通どこかしらポーズにみえると思うの。忘れたふりして、ほんとはだいたい見当ついてるんでしょ？　みたいな。この歌は、一首が全身で途方に暮れてる感じに読み手として巻き込まれてしまう。一歩先に何もない、崖っぷちみたいですよね。

平岡

空港に泊まってみたい　いつもいつもあふれるだけの何かへの愛　**雪舟えま**

この歌、すごく雪舟さんっぽい歌だと思っていて、「あふれる」という状態だけがあって、愛の根拠や愛の対象が希薄な感じがする。すじ雲の歌も「お願い」という状態だけがある歌で、「いったい何を」は自問自答というよりは天の声のようにみえるかも。「お願い」に中身が必要だと作者自身はほんとうは思っていないというか。

我妻

三月の朝　霧　ポマードの匂い　他者の旅ぜんぶ聞けばくるう　**雪舟えま**

これも「あふれる」ことについての歌だと思う。空港に泊まるっていうのは「他者の旅ぜんぶ」聞くことに似てるんじゃないかな。

平岡 この歌もいいよねえ。「他者の旅ぜんぶ聞けばくるう」って心のなかでよく口ずさんじゃう。これって、すごく陳腐に言い換えると、「人は結局自分の人生しか生きられない」ということだと思っていて、他人の人生の出来事をつまみ食いのようにちょっとずつ聞くことはできても、自分の上にまるごと他人を再生することはできない。でも「できない」と同時に「ぜんぶ聞きたい」「くるいたい」という声も自分のなかから聞こえていて、むりやり「ぜんぶ聞く」をやろうとした結果、「他者の旅」と「自分の旅」が衝突して「三月の朝」「霧」「ポマードの匂い」などが弾き出されてきた、という感じで読んでます。ぽつんぽつんと置かれた上句だけど、すごくめまぐるしい高速回転をしているゆえに逆に止まってみえる、みたいな印象。だから「他者の旅ぜんぶ」に「空港に泊まる」のイメージが重なるのもわかります。

作品はメッセージ?

我妻 「自分の思いを歌にする」っていう言いかたがありますよね。自分の中にある感情を表現したいとか、特定の誰かや世の中に対して伝えたいことがあって歌にする、というのは一般的な作歌動機だろうと思います。ただ、じっさい歌にすると「思い」が変形させられるわけですね。言葉や定型のもつ形式性、物質性みたいなものにふれることで、そもそも伝えたかったはずのことが必ず変形させられるし、反対に読者の側からみれば、作者の「思い」を直接みることはできなくて、「思い」によって変形させられた言葉と定型のほうをみることになる。この変形によって言葉と定型が不思議なバランスで釣り合った状態のものが歌なんだと思う。

平岡 そうですね。変形した「思い」のほうが結果的により「ほんとうの思い」に近かった、というようなことがしばしば起こるのが短歌だったりもする。

我妻 でも、作者というのは往々にして「自分はこういうことを言いたくて歌を作ったんだ」にすごくこだわるし、こだわりが歌を強くしてたりもするんですね。だからって、批評のすべきことは作者の気持ちを汲み取ってあげることではない。短歌は作者、定型、言葉の三者による共作だ、ということをさっき話したけど、その中で作者はまあスポークスマンというか、作歌の動機について饒舌に語りうる存在です。読者はしばしばそれに言いくるめられて「なるほど作者が言うんならそういう歌なんだな」と納得したりする。批評はそれを無視するわけじゃないけど、あくまで話半分に聞いて、定型や言葉にも直接話を聞きにいかないといけない。歌を読む、歌を評するというのは基本的にそういうことだと思います。

平岡 うん。でも、その話って、説明するのが難しいなと感じることも多いです。「作者の思いに言いくるめられないこと」が、一足飛びに「作者という存在を無視すること」だと思われたりしない？

我妻　そう受け止められがちですよね。

平岡　自分が何を書いたのかって、作者自身もわかってないことがほんとうは多いはずで、それって豊かなことだと思うんだけど、あくまで作者自身がわかってる部分にだけピントを合わせることが作者を尊重することだと思われる。

我妻　作品はメッセージをベースになりたっているものではあるからね。つまり何か言語的なものを使って、意思とか情報を伝える社会的ないとなみがベースにあるものだと思うので、作品から作者のメッセージを受け取るのはそれはそれで合ってるというか、読者としては素直な態度だといえる。でも、批評はそこからすこしひねくれなきゃいけないわけだよね。

平岡　そうなんですよね。作品がメッセージだということ自体はそれはそれでいいと思うんだけど、メッセージに、さらに作者からの「これはこういうメッセージですよ」という解説がついてきてしまうと、それなら最初から解説だけを読めばいいということになってしまう。

我妻　同じ作者の歌の中でも、メッセージらしきものが感じ取りやすい歌は批評的に人気が高いというか、取り上げられやすいということがありますね。その人の代表歌として扱われやすい。

平岡　メッセージにはポピュラリティがある。

我妻　読み取れそうで読み取れない、メッセージの気配みたいなものが濃厚な歌から内容を取り出すのは、暗号の解読みたいで間が持たせられるというか、単純に批評が書きやすいですよね。だから安易じゃないかなと思うところもあるけど、そうやって取り出した内容が古びてきたら、また新しく現在にふさわしい内容を取り出してみせることで読みが更新され、歌が新鮮さを取りもどして生き延びる、ということもあるんだと思う。

平岡　桜が出てくる和歌ってたくさんあるけど、和歌に出てくる「桜」は山桜なんですよね。ソメイヨシノは新しい品種だから。でも、現代の人はソメイヨシノをイメージして読んで、その光景に共感したり感動したりする。というようなことだよね。

我妻　そうですね。たぶん歌の中身をある程度正確に（作者の頭の中と近いという意味で）読み取れるのは、作者と同時代に生きて、文化的にも近い場所にいる人だけじゃないかな。それ以外の大多数の読者は、中身を自分の飲み込みやすいものに勝手に置き換えて読むのだと思います。ある種の翻訳をしてる。読者は誰でも無意識にそういうことをやるもんだ、というのを批評を書くさいは意識したらいいんじゃないでしょうか。そういう入れ替えられてしまう中身の外側に、しぶとく生き延びていく容れ物があるはずだって。

「人生派」と「言葉派」

我妻　**才能で電車を降りる　才能でマフラーを巻く　おかしな光**　**瀬口真司**

第1部で、歌のつくりかたの根っこの部分は人それぞれで、ブラックボックスだよねという話をしました。ただつくりかたの傾向とかパターンで、歌や歌人を大きくいくつかのグループに分類できるとは思うんだよね。これはそのうちのひとつのグループを代表すると言っていい若手歌人の作品。私の言いかたで表現すると「言葉だけでできている」タイプの歌ということになるけど、瀬口さんはとくに若い世代から熱烈に支持されていて、このタイプの歌としては異例な共感を呼んでいるという印象があります。穂村さんの用語で言えば〈驚異〉寄りの作風にみえるのに、穂村さん的な意味とはまた違ったタイプの〈共感〉を強く喚起するんですよね。そこに何かブレークスルーが起きているように思えます。

平岡 瀬口さん、作品自体にもとてもユニークな新しさがあるけど、とにかく下の世代の反応が現象として興味深いですよね。作風としてはどちらかというと難解なのに、このタイプの作者がここまで熱い支持を集めるのはたしかに珍しいと思う。そこに〈共感〉が作用しているというのはおもしろい読みかただね。

我妻 こういう歌を自分もつくりたい、つくりたかったという気持ちを多く含んだ〈共感〉かな。作風は真逆といっていいくらい違うけど、前の世代だと永井祐さんが出てきたときの反応を思い出すんですよね。

平岡 あー、永井さん。作風はたしかにいっけん真逆で、瀬口さんの歌は散文的にはなにを書いてあるかほとんどわからないけど、永井さんの歌は散文的にわかりすぎるところが逆に先行世代には「わからない」と反発されるというややこしい事態を招いていた。でも、「ほどよい共感」

が目指されていないというところは似ているのかも。二人とも、歌人以外にみせた場合にいきなりわかってもらえる感じの作風じゃないというか。

我妻 若い世代のつくり手にとって、その人があらわれたおかげでぱっと道が開けたようになる歌人っているんだよね。二〇〇〇年代の永井さんがそうだったし、一九九〇年代の穂村弘さんもそうだったのかなと思う。同世代から下のつくり手にとっては革新性や「この人が自分たちの代表なんだ」っていうのがほとんど一目瞭然、説明不要なんだけど、年長世代や実作者以外に言おうとすると伝わらなすぎて途方に暮れてしまうという。瀬口さんはたぶん二〇二〇年代におけるそういう存在であり、同時に以前からあるタイプの歌の最新のかたちでもあると思います。

平岡 「言葉派」ということ?

我妻 「言葉派」という言いかたはよく聞くけど、定義が人によって違うのかな。でも大きく分ければきっとそうですね。

平岡 「言葉派」「人生派」という分類については、その分けかた自体がどうなの、って批判も含めていろんな意見があるけど。おおむね、抽象的な表現が多いと「言葉派」で、その人のライフイベントやプロフィールなどの情報がたくさん書き込まれていると「人生派」、という線引きがされていると思う。わたしは個人的には「言葉派」に分類されがちな歌人もほとんどが「人生派」だと思ってるんだけど、瀬口さんは稀有な「言葉派」にみえますね。

我妻 それは「本物の言葉派」、という意味?

平岡 「本物の言葉派」というとなんだかいかがわしいけど（笑）、そうです。わたしの説ではね、歌人のほとんどは「人生派」＝自分の人生に準拠した歌をつくっていて、そのなかで「人生－人生派」と「人生－言葉派」に分かれるんです。歌のなかに具体的に「人生」のことが書かれていなくても、歌の外側にある人生情報と照らし合わせることで完成するタイプの歌は広義の「人生派」だと思う。でも、瀬口さんの歌は、いわば「言葉－言葉派」。

我妻 ああ、それはよくわかる気がする。人生情報が何も書かれてなくて、表現が抽象的でも、言葉の出所として人生の気配みたいなのがたいていの歌にはありますよね。〈私〉を迂回することで〈私〉のかたちの空白みたいなのができてて、逆に読み手の感情移入を誘ったりとか。そういう歌は「人生－言葉派」になるわけだ。

平岡 そうそう。「人生－人生派」と「人生－言葉派」はわりと仲が悪くて、前者は後者のことを難解でいけすかないと思っているし、後者は前者のことを芸術に対する潔癖さがないと思っているけど、それはどちらかというと内輪もめというか、近親憎悪みたいな……。

我妻 瀬口さんの歌はそういう対立の圏外にあるわけですね。

平岡 自分の体温をまったくうつさずに言葉を使っている感じがしますよね。〈才能で〜〉の歌は、なんだかオーバースペックな電化製品みたいだと思った。電車を降りるとか、マフラーを巻くとか、「才能」よりは低次元な動力でこなせるはずの日常の一コマが、才能がオンになっていると無駄に才能経由でこなすことになってしまう。

リラックスしないなら死ね　自分たちが空からずっと見え続けてる　瀬口真司

同じ作者の歌だけど、この「リラックス」または「死」という極端な二択も、才能のオンオフに似た、なにかデジタルな発想を感じる。

我妻　実人生に準拠しないで、言葉の論理や欲望に従うから中庸な「ほどよい共感」ゾーンに調整されずにいられるのかな。

平岡　なんか、名詞っぽいですよね、歌の印象が。〈才能で〜〉の歌は、「降りる」「巻く」と動詞で止めているところが二ヶ所もあるんだけど、動作の余韻をあまり感じなくて、ごろっと名詞のかたまりが置いてあるような感じがする。

我妻　字空けを挟んだ三つのかたまりが、それぞれぐっとくるつよいフレーズだよね。ぐっとくるつよいフレーズの入った歌って、ふつう歌全体がフレーズの引き立て役をつとめることで成立すると思うんですよ。でもこの歌の場合、これだけつよいフレーズを単語や文字みたいに立て続けに使って、よさが衝突せずさらに大きく何かが語られてるようにみえる。そういうことの可能な文法が上位にあるんだというのがうっすらわかる。ここで語ってるのはいわゆる〈作中主体〉とは別のものの声だと思う。歌が声の主の身体を想像させないっていうのかな。にもかかわらず、声としての存在感はすごくて、それは二人称的な声ということかもしれない。または、すごくセンスのいい幻聴みたい。

平岡 歌が声の主の身体を想像させないけど、声としての存在感はすごい、というの、わかる気がします。口語短歌って基本的には「身体っぽい声」を重視するはずで、その反動というわけでもないけど、身体っぽい声の出しかたが研究される対極で、合成音声の発生装置のようなものが開発されているのかもしれない？

バラバラ死体の〈私〉

我妻 なるほど。瀬戸夏子さんの歌にも似たところがあると思うけど、瀬戸さんもさっきの分類に当てはめるなら「言葉－言葉派」になるのかな。

でもこれからは心の小便小僧の心の底という底が鏡貼り　桜が咲いて　**瀬戸夏子**

これとか、歌の中に身体が発生する手前のところで、声だけ響かせる空間として定型が使われている感じがよくわかる。言葉が反響で粉々になりながら増えて歌になっていく感じ。定型が文字通り「鏡貼り」になって、音や文字のかたちを映して、ずらしながら増殖させてるような歌。

オセロの四隅にパンダ、わたし、油、good morning and good night!　**瀬戸夏子**

この歌の「わたし」なんかはおおよそ身体のない「わたし」で、オセロ盤の一角に据えられてしまってる。しかも他の三つが「パンダ」「油」「good morning and good night!」というなんだか属性のでたらめなメンバーなんですね。そこに二番手として加えられててどうみても一首の主役じゃない。それでも「わたし」を名のる以上は文章の主体の位置とか、短歌の一人称性が疼くところはあるんだけど、疼くだけにとどまってる。なんか、この「わたし」って生首みたいだなと思う。

平岡　「四隅」という導入を真に受けると「good morning and good night!」は「パンダ」や「わたし」にならぶメンバーと言えるけど、この部分は「油」までとは切れている下句だと読むこともできますよね。意味的な切れと、定型が要請する切れの位置がずれていて、みえない句またがりのようなことが起きている歌だなと思う。句またがりは言葉を切り刻むものだから、この歌の言葉が「生首」的だというのはなんとなくわかります。

我妻　生首と言えば、瀬戸さんにはこういう歌もある。

相思相愛おめでとう　ミュージック・オブ・ポップコーンおよびバラバラ死体のケーキが乳房　**瀬戸夏子**

文字通りの「バラバラ死体」が出てくる一首ですね。この歌の下句は、意味的には「バラバラ死体の乳房がケーキ」だったほうがすんなり通じると思う。バラバラ死体があって、その乳房だけがケーキと入れ替わってる、みたいに取れるから。でもここは「ケーキが乳房」じゃないとだめなんだよね。理由はいろいろあると思います。長音がすごく多い歌だから、最後には「ケーキ」という長音を含む言葉がこないほうが歌が締まる、とか。そういう定型の生理的要請を受けて選ばれた言葉のかたちが、意味的には断線しちゃってるところにこの歌のキモがあると思う。つまり歌の声自体がバラバラ死体みたいなんだよね。フランケンシュタインの怪物みたいに、バラバラの部品をつぎはぎして不自然に〈私〉をつくり出そうとしてる、歌がその実験場のようにもみえます。それも、見事に失敗してしまう実験ですね。そこに批評性がある。

平岡 乳房とケーキの位置が入れ替わる、というようなことは、意味を重視して読んでいるとけっこう許せない事態なのではないかと思うんですよね。言葉をただ壊してる、というようにしか感じられない人もいると思う。「バラバラ死体の乳房がケーキ」だとしても、なんというか、まず内容が常識的ではないわけだし。短歌には短歌の都合があって、それがときには散文のルールや社会のルールよりも強力に作用して言葉を変形させうる、と考えるときにこの歌はすごくおもしろいんだけど、そう考えられるかどうかは歌人のなかでも意見が分かれそう。

我妻 瀬戸さんの歌を好きな人の中にも、言葉を壊したり意味を破壊してるところが逆にいいんだ、という意見の人がわりといる気がする。でも私はそうじゃなく、瀬戸さんの作品は普通ではないやりかたであくまで歌を構築しようとしてるんだと思います。常識的な歌のつくりかたを全部忘れて、ただ何か短歌について本質的な情報を漠然と覚えてて、それだけを頼りに歌をゼロから再現しようとしてる感じ。

平岡　一般的な「常識的な歌のつくりかた」って、身体への依存度がすごく高いからね。そこをとくに念入りに忘れようとしているのかなという気もします。バラバラ死体的なモチーフには必然性を感じる。

壊しかたが徹底

我妻　**数字しかわからなくなった恋人に好きだよと囁いたなら　4　青松輝**

瀬口真司さんと近い世代で、やはり同世代以下からつよく支持されている、作風的にも近いところにある作者の作品。「数字しかわからなくなった恋人」がいるという奇妙な設定のもとで、「好きだよ」という四文字ないし四音が無機質な数字として言い直されている。そのことでなぜか抒情が生まれてるような歌だと思います。瀬口さんの歌とくらべると声がより一人称的というか、それは実際に一人称が使われてるかどうかと関係なく、声の聞こえてきかたの話なんだけど。瀬口さんの歌はステージが無人で声だけがどこかから聞こえてくるのに対し、青松さんの歌はじっさいに声の主がステージに立っている感じがする。という比較を考えてみたんだけど、どうだろうか？

平岡 青松さんの歌にはニューウェーブ世代の香りをつよく感じます。穂村弘や加藤治郎など、一九八〇年代後半から九〇年代にかけてポップでロマンティックな口語短歌を精力的につくっていた世代。

空の高さを想うとき恋人よハイル・ヒトラーのハイルって何？ **穂村弘**

きみがまだその水仙でゐたいなら雪の論理にさからへばいい **荻原裕幸**

こういう歌にも感じられると思うんだけど、短歌には「ちょっとネガティブな要素を混ぜるとポエジーが出る」「ちょっと壊れたもの、不全な状態にあるものが素敵にみえる」という側面があると思うんです。わたしはこれはニューウェーブ世代が言語化・理論化したやりかただと思うんだけど、青松さんの歌は基本的にはその方法を踏襲していると思う。この歌だと「数字しかわからなくなった恋人」という設定に、そういう意味でのニューウェーブっぽさが宿っている。

我妻 うんうん、なんとなくわかります。

平岡 瀬口さんの歌と違って声が一人称的だというのも、抒情ＯＳが従来的だからだと思うんですよね。青松さんの歌の抒情はなんだか懐かしい感じすらすることがある。ただ、青松さんの歌の特徴でもあり、新しいところでもあるのは、壊す部分の壊しかたが徹底しているところ。自分の方法論に対して自分でマジレスしているような生真面目さがあって、そういうところを新世代だなあと思う。この歌でいうと「4」のところ。

我妻 壊すことを徹底した結果「4」になっているということ？

平岡 うん。「数字しかわからなくなった恋人」はSF的なミステリアスさがあって、なんというか、ポエジーの装置として「ちょうどいい」感じがするんだけど、数字しかわからなくなったからと言って「好きだよ」が音数の「4」に置き換わってしまうのは徹底しすぎじゃない？　ここの、ある意味での過剰さがニューウェーブ的「素敵」さに対する批評なんだと思う。

我妻 この「4」のあらわれかたはちょっと記号短歌を思わせるところがあるね。荻原裕幸や加藤治郎が発表した、「▼」や「!」などの記号を多用した歌のことだけど。

平岡 ああ、そういうところもニューウェーブっぽいのかな。でも、記号短歌と違うところは、記号短歌は「意味がない」というところが肝だったと思うんだけど、この「4」はすごく意味があるんだよね。「数字しかわからなくなった恋人にとっての『好きだよ』である」という非常に理屈っぽい意味が割り当てられている。だから、似ているようで真逆でもある。

我妻 ここに「4」があらわれる過程に意味があって、すごく理屈が通っているというのはよくわかる。ただ、この「4」は一首の中で無意味さに最接近している部分じゃないかとも思います。さっきの瀬口真司さんの歌が無意味の側から発信して、読み手の中にえたいのしれない意味を生じさせるのとくらべると、この青松さんの歌は筋を通す、マジレスをきわめることで逆に無意味さに接近していくようなところがあると思う。その生真面目な一貫性に一人称性がやどっているし、最終的にはその一人称性も無事ではすまないように感じられる。平岡さんの言う「壊しかたが徹底している」もそういうことなのかなと思いました。

壮大な語彙

平岡　**ボシュロムのレンズ広告、メニコンのレンズ広告、初雪ふれり**　**大滝和子**

話は変わって、ちょっと悠然とした雰囲気のある歌。ボシュロムもメニコンもコンタクトレンズのメーカーなんですよね。同じジャンルの製品についての二種類の広告がある。で、雪が降っている、という、ぶっきらぼうに要素を並べているだけのようなんだけど、コンタクトレンズとコンタクトレンズが向き合っているような構図がおもしろい。

我妻　おもしろい。たぶんこの「広告」って、レンズの写真かイラストが印刷されてるはずだよね。あと、レンズはみた目が水滴に似てるので、そこから「初雪」への連想を促すところもありますね。「ボシュロム」「メニコン」はそれぞれ国外と国内のメーカーだけど、「メニコン」のほうは「目にコン（タクトレンズ）」っていうのが由来なので、カタカナでいっけん外国語っぽいけど日本語でできてる名前です。だからこの名前の並びは、外国（語）から日本（語）に近づいてきてる、ということも言える。そのうごきが、空から地上に近づいてくる雪のうごきを軽くなぞってるというか。

平岡　コンタクトレンズって、新しい角膜みたいなものでしょう。人体より小刻みに交換されていくけど、材質としては人体より長持ちする。「初雪」という言葉には、暦という人工的な概念があってこその清潔感があって、でも、雪自体はたぶん暦以前から降ってる。人工的なものが人智をはみ出していく気配を感じさせる言葉の組み合わせが魅力的だと思う。広告の歌っぽくないところもおもしろくて。この広告の後ろで経済が動いている感じがしないというか、太古からある壁画みたいな趣がある。

我妻　あきらかにこの社会の一風景を切り取ってるのに、詠いかたが社会のスケールじゃないですよね。軽々と超えちゃってる。でもいかにも壮大な語彙とかが比喩として持ち込まれてるわけではなくて。

平岡　そうそう。ほとんど既成の言葉の組み合わせでできているような歌で、トリッキーなひねりがないのに、社会のスケールを超えている感じが出るのすごいですよね。いかにも壮大な語彙というと、たとえば「千年前」とか？

あおあおと躰を分解する風よ千年前わたしはライ麦だった　　**大滝和子**

我妻　そうですね。その「千年前」の歌は、壮大な語彙で舞台を確保したからこそみせられる景色があると思うけど、その分こちらも身構えるというか、舞台上の出来事を眺めるような目になる。「レンズ広告」の歌は特別な舞台装置が用意されてないからこそ、作者の認知スケールの異様さがきわだつ感じがします。

平岡　大滝さんの壮大な語彙は、わりと科学的な根拠があると思うんですよね。「千年前わたしはライ麦だった」って、いま現在の自分の身体を構成してる分子のうちのいくらかが千年前にはライ麦に含まれていた可能性ってかなり高いと思う。「わたしの前世はユニコーンだった」と言っているのとはちょっと違うというか。そういう意味で、壮大な語彙よりさらに歌のほうが大きい、という感じがするので、「千年前」といわれてもわたしはあまり身構えないかもしれない。

我妻　ああ、だから私は「千年前」はちょっとだけ理に落ちる感じがしちゃうのかも。その「理」のスケールの桁が違うのが魅力だとは思いつつ。

平岡　理に落ちないほうが魅力的に感じる？

ヨーグルトの匙をくわえて朝の窓ひらけば百億円を感じる　　**雪舟えま**

この「百億円」とかは無根拠で壮大な感じ。

我妻　たしかにその「百億円」はいかにも無根拠ですね。巨大だけど空虚な数字。ていうか、たぶん金額の根拠が歌の外にはみじんもないぶん、直近の声の残響がそこに聞き取れるような気もする。たとえば「匙をくわえて」の「を」と「え」、「ひらけば」の「ひ」という音をみずから聞き取ったことへの反応として、それだけを理由に「ひ」ゃく「おく」「え」ん、と言いきってるんじゃないか。からっぽな、やまびこの声のようなものですね。「百億円」に感動してしまうのは、その数字の選択の、無責任な蛮勇に打たれるからだと思います。

平岡　でも、普通は無根拠なほうが短歌に甘えている感じがするんじゃないかなとも思う。たぶん受け止めてもらえるからとりあえず放り投げてみる、みたいな。「百億円」は受け止めてもらえることをいっしゅんも期待せずに放り投げている感じが魅力的だけど、「千年前」は放り投げてすらいなくて、そのことのすごさはあると思うんですよね。

口語短歌の息

我妻　**雨夜の黒き渋滞一瞬に古家具の部屋に押し入りたり**　**葛原妙子**

幻視、というキーワードとともに語られてきた歌人の作品です。この歌は、たとえば窓を開けたとき外の空気と一緒に雨音や湿気、それと夜の闇がぶわっと（古家具のある）部屋に入り込んできた印象を詠っているのかなと思う。「渋滞」という擬人化が不穏な空気をふくらませてくる歌ですね。で、そういう読みとは矛盾する読みというか、誤読だと思うんだけど「庭で渋滞してた古家具が、一瞬にして部屋に押し入ってきた」みたいな光景が頭に差し込まれる感じがするんですよ。そこがいいなあと思う。内容として詠われている幻視の光景とは別に、文字の並びが幻をみせてくるような感覚。

平岡 庭で渋滞してた古家具が部屋に押し入ってきた……？　おもしろいね（笑）、絵本っぽくもあるけど、ちょっと怪奇っぽくもあって。誤読の可能性がある歌はいいよね。目を戻すたびに歌がぴくっと動く感じがして、読み飽きない歌になる。単純な目の錯覚による「誤読」もあるけれど、この歌に関しては、文法的には家具が押し入ってくるようにも読めますね。

我妻 「古家具の」を主格と取ればそう読めるのかな。文語では少ない気がするけど、口語の歌にはそういう、文法的に意味が確定できない、複数の意味にとれてしまう系の歌は多いですよね。それを承知でレトリックとしてというか、複数の歌を同時に読んでるような感覚をもたらす、そういう効果にひらいてる感じの歌もある。どうしても口語短歌は線の細さというか、フォルムでは自立しづらいところがあるから、意味とかメッセージ性だけが浮き上がってしまいやすい。一方で複数の意味にとれる、歌意がぶれるっていうのも口語の弱点とされてますね。その弱点を逆手に取ることで歌が太くなるというか、歌を〈意味を伝えたら役目を終える紙〉みたいなものにしない効果があるんじゃないか。

平岡 口語特有の読みのぶれ、代表的なのは「終止形と連体形が同じ形をしている問題」とかかな。わたし、そういうのは弱みだと思いたくない。「文法に決めてもらわないと終止形か連体形かが読み取れないなんて、短歌の読み手として甘えてる！」くらい思うようになってしまいました。

我妻 文法が確定してくれないところをなんとか読み取ろうとすると、文脈から読むことになるわけだよね。それだと歌の細かい背景を知らないと読めないというか、文脈込みで読ませることになるわけで。口語短歌は仲間どうしの符牒のやり取りとか、言外での目くばせのしあいみたいになっていく可能性があると思うんだけど、そこはどう考えていますか。

平岡 ああ、その質問の意味はわかるんだけど、いま言いたかったのは、一首ごとにその歌の呼吸にもっと向き合えるはずだ、ということなんです。文法的な意味って意外とあてにならなくて、たとえばある表現を反語として解釈すると、まったく真逆のことが書いてあることになるでしょう。

我妻 口語短歌は全体に文語より息の量が多いと思うんだけど、たぶんそれって意味がぶれやすいことと背中合わせなんですね。文語の厳密さをある程度手放すことで、互いの息遣いを聞き合うような距離感がつくれているところがある。反語なのかそうじゃないのか、みたいなことも息の聞き分けかたで読みが変わってくる。

何シンドロームよ無駄に息を吐き「ハリソン・フォード」を言いまちがえる　山崎聡子

いま唐突にこの歌を思い出しました。ちょっと「口語短歌の息の多さ」のことを言いながらそれを自ら体現してるような歌としても読めるかな。

平岡　おもしろい連想ですね。その歌、なんかいいよね。「言いまちがえる」＝言葉のぶれのことが書いてあったり、でも歌の上では言いまちがえられていない正しい「ハリソン・フォード」が書かれている不思議さとか、たしかに短歌の読みかたのことを考えたくなる歌かもしれない。

信頼できない語り手

平岡　**自民党には誰も投票しなかった私の読者を誇りにおもう**　**斉藤斎藤**

反語とはすこし違うけど、みた目通りではないというか、言外の意味がつよい歌。「いつもトイレをきれいにご使用いただきありがとうございます」みたいじゃない？

我妻　たしかに。っていうか、斉藤斎藤さんの歌ってどれもそこはかとなく「いつもトイレをきれいにご使用いただきありがとうございます」みたいなところありますよね。言葉を額面通りに取っていいか躊躇しちゃう、ミステリなどのいわゆる〈信頼できない語り手〉っぽさというかな。トイレに書かれてる「ありがとうございます」はもちろん皮肉じゃないわけだけど、斉藤さんの「誇りにおもう」もいっけん皮肉にみえてそう単純ではない。トイレのメッセージとくらべると、一周してしれっと同じ位置に立ってるような信用できなさがある。

平岡 短歌の語り手は信頼できすぎるからね。

我妻 短歌と読者って基本一対一の関係だから、作者とイコールであろうとなかろうとまずは語り手を信頼するところからはじまる、みたいなのありますよね。たとえ作者と作中主体は別モノであると認めたとしても、そこで作者－作中主体－読者という三者の関係として歌が意識されることはまずない。ほんとは作者と切り離された時点で、作中主体って相当いかがわしい存在だと思うんですよ。でもそんなことはみないようにして、我々は油断しきってるわけです。斉藤さんの作品は、ないことになってるその関係を意識させることで、読み手の安定した立場を揺さぶってくるところがある。

平岡 「一周してしれっと同じ位置に立ってる」ってほんとにそうで、たとえばこの歌は一見「自民党に投票するべきではない」って書いてあるようにみえて、ストレートにそうは読めないんだけど、でも最終的にはやっぱり「自民党に投票するべきではない」って書いてあるんですよね。同じ作者の

アメリカのイラク攻撃に賛成です。こころのじゅんびができました　斉藤斎藤

という歌が二十年くらい前に物議を醸したことがあって、この歌はおそらく「皮肉として真逆

のことが書いてある」と取っていいんだと思うんだけど、語り手を信頼したい読み手にとってはそれが難しかった。イラク攻撃の歌が、言いたいことを裏返しに言っている歌だとしたら、自民党の歌はそれをもういちど裏返して結果的に表になっているみたいな歌かな。

我妻 イラク攻撃の歌は、「アメリカのイラク攻撃」に反対の立場の人はいちおう安全な場所にいられるというか、歌の矛先が向けられてるとは感じずに読める歌だと思う。でも自民党の歌のほうは、自民党に「投票しなかった」人も読むとなんとなく嫌な気持ちになると思うんだよね（笑）。自民党に投票した読者に向けた嫌味、であることは最終的に揺るがないとして、そこへ至るまでの反転の反転、みたいな物言いの屈折が、対象以外の者も巻き添えにしていく。そのあたりに斉藤さんの〈信頼できない語り手〉の本領があるんじゃないかと思います。

平岡 自分の立場、たとえば自民党に投票したのかしていないのか、イラク爆撃に賛成なのか反対なのか、そういうのを意思表示しながらじゃないとなかなか歌についてしゃべれない感じがする。歌についてしゃべることにどうしても立場の表明が含まれてしまう仕組みになっているというか。そういう意味ですごく読者も巻き込みますよね。

我妻 なんかね、立場を表明させられるときに言い訳とか、釈明してるような気持ちになると思うんだよね。読者の情動の揺さぶりかたとして、そこはかなり特異なものがあるんじゃないかな。

平岡 釈明しているような気持ち、なりますなります。「その件については反対なんだけど、反対と言っても無条件な反対ではなくて、この点とこの点についてては留保で」みたいなことを延々としゃべりそうになる。さっきの話に戻るんだけど、「口語短歌は仲間どうしの符牒のやり取りとか、言外での目くばせのしあいみたいになっていく可能性がある」というの、それはほんとうにそうだと思うんです。斉藤さんの歌はそれを意図的にすごく逆手に取っている作風だと思う。

我妻　仲間うちですでに取れているコンセンサスに符牒や隠語を放り込み、「それすげえわかる」「わかるわー」という目くばせでさらにコンセンサス、仲間の絆を強化していく。口語短歌はそういう方向に先鋭化しちゃう可能性があるという話ですね。斉藤さんは結果的にそういうものに水を差すというか、符牒としてはあきらかに違和感のあるものを「符牒ですよ」みたいな顔で投げてくるんですよね。それで読者は、違和感を抱えたまま いつのまにか一首が想定するコンセンサスに巻き込まれてしまう。

平岡　そうですね。

我妻　斉藤さんは連作に膨大な量の詞書をつけて、歌の余白を埋めてしまうようなこともするでしょう？　あれも口語短歌の〈言外〉への凭れかかりの大きさをつよく意識しての作風なんだと思います。読み手があらかじめぼんやり共有してる〈言外〉の文脈を、他者の言葉の引用を含む膨大な文字で埋め尽くし、塗りこめてしまう。ある意味、短歌という制度のハッキングであり、短歌を使った短歌への批評だと思う。

平岡　行間を読ませるタイプの作風なんですよね。そこはすごく日本語っぽいし詩歌っぽいけど、読者が行間になにを読むかがあそこまで強制的に決められているスタイルはめずらしい。

我妻　行間で互いに空気を読み合う、っていう日本語のシステムを乗っ取って、あらかじめ充たしておいた空気を強制的に吸わせるって感じだよね。斉藤さんの歌は散文的なメッセージ性のつよさにまず目がいくでしょう。だけど極端なこと言うと、そのテキストは短歌や日本語というプラットフォームにテスト用に流し込まれたもののように私にはみえるんです。作者の意図はそうじゃないかもしれないけど、歌を読むことで読者は日本語とそれを利用した短歌というシステムの謎の試験に、不本意にも（？）立ち会わされてしまう。

平岡　そうですね。書きかたと内容とのあいだにはなんらかの必然性が求められると思うんだけど、斉藤さんの作品は、それが作者の手元ではなくてかなり遠いところで嚙み合っている印象もある。でも、斉藤さんのような作風はやっぱりイレギュラーで、ふつうは空気の読み合いにもっとがんじがらめになってしまう。それはやっぱり口語短歌の課題なのかなとは思います。

短歌と夢

我妻　平岡さんの歌集『みじかい髪も長い髪も炎』のあとがきは「短歌はふたたびの夢の時代に入った。」という印象的な言葉で締められていました。短歌って散文とくらべるとだいぶ夢に近いものじゃないかと思います。

平岡　短歌には夢っぽくあってほしいですね。接続が間違ったものや、順番がちぐはぐなもの、でも、その接続やその順番にはなにかその場かぎりの切実さがある、という表現が読める場所であってほしい。

我妻 睡眠時にみる夢の主原料は言葉だと思うけど、五七五七七のリズムに揺すられて、言葉が夢うつつになってるのが短歌なんだと思う。言葉が夢の原料としてのポテンシャルをあらわにしてくるところがある。さっきの葛原の歌みたいに、文章として担わされてる意味以上のことが読み取れてしまったり。そういうことが起こるのって夢っぽい、短歌っぽい現象だと思う。そのさい作風がリアリズムか幻想的か、人生寄りか言葉寄りかはあまり関係ない気がしますね。

平岡 わたし、「映画の予告編のおもしろさが、本編のおもしろさまたはおもしろくなさにぜんぜん関係がない感じは短歌に似ている」という持論があるんだけど、そういうこと？　本編がどうあれ予告編はだいたいおもしろいし、作風がどうあれ、短歌は夢っぽい。

我妻 あー、そうかもしれない。たぶん映画の予告編には予告編の文法みたいのがあって、どんな映画が材料になっても似通ったおもしろさが出るってことだよね？　ただ短歌の夢っぽさには濃淡があって、ひとりの作者の歌の中でも局地的に夢度が高まってる瞬間みたいのはある。必ずしも夢が題材だったり、幻想的な内容を詠ってるときにそういう瞬間がくるわけじゃないのがおもしろいところですね。

おじさんは西友よりずっと小さくて裏口に自転車をとめている　永井祐

永井さんのこの歌とか、意味的にはまったく当たり前のことしか言ってない。おじさんは西友よりずっと小さい、って現実にその通りに違いないし。なのにこの歌を読むと空間が歪むというか、どうしてもおじさんが巨大化して感じられるんですね。たぶん視点が異様だからなんだと思う。ふつうおじさんと西友の大きさをくらべないからね。でも同じ内容が散文的に順当な手続きを踏んで語られたら、たぶんこうはならないんじゃないか。短歌定型の要請で、圧縮と畳みかけるリズムが加えられた結果、言葉が額面以上のことを伝えてしまってるように思えるんです。そのせいで、歌の中でおじさんが巨大化したり縮んだり、せわしなく変化してるように感じちゃう。

平岡 永井さんのこの歌、おじさんだけじゃなく、西友も含めて景色全体がミニチュアみたいにみえます。

我妻 なんか正しいスケールがわからなくなるようなところがあるよね。

平岡 ミニチュア風の写真を撮る写真家さんがいるんですよ。写ってるのは現実の本物の街並みなのに、まるでミニチュアのジオラマのようにみえる写真で、妙に中毒性があるの。人には「みたまま」と「ニセモノ」を同時にみたい、という欲望があるのかな、と思う。この歌にもそういうものを感じます。

我妻 短歌を読むこと自体に、現実からミニチュアの世界に意識を移すようなところがあると思うんだけど。この歌はその移行過程のめまいを歌の中に持ち込んでるところがあるかもしれない。

歌集からふと顔を上げて周囲をみたときの変な感覚とか、そういうの。

平岡　夢っぽさでいうと、こういう歌もわたしは夢っぽいと思う。

平野部にも雪降りつもるこの夜を告知のある人は手を挙げて　石川美南

非現実的なことはなにも書かれていなくて、上句と下句も自然な距離感だと思うんだけど、なぜかオーバーラップして、雪原からにょきにょきと手が生えてくるようなちょっと不穏なイメージが浮かぶ。逆に、

犬の国にも色街はあり皺くちやの紙幣に犬の横顔刷られ　石川美南

こういう歌は夢っぽいと思わないのね。「想像の世界」の歌だなと思う。

我妻　たしかに。〈平野部にも〜〉のほうはなぜか読みながら一瞬歌の死角を歩かされるというか、あらぬほうへ踏み迷わされる感じがしますね。〈犬の国にも〜〉の歌はそうじゃなくて、作者があらかじめ想像をひろげて隅々まで踏み固めた道なのかなと思う。読者は安心して、いかにもこの作者らしい奇想の展開をたのしめるというか。

平岡　うん、紙幣の歌、決して安全な歌ではないとは思うんだけど、不安な感じはしないですよね。

夢って「不安」のことかなと思うんですよね。

「わからない歌」について

我妻 短歌の世界では「わからない歌」のことが定期的に話題になります。そもそもの前提として、あらゆる歌がわかるという人はいないわけですよね。ある歌がわかることの代償として、別の歌がわからなくなることだってあると思う。

平岡 それはそうなんだけど……短歌の世界では「同じ歌人同士が書いたものがわからないはずがない」信仰がかなりつよいというか、口では「あらゆる歌がわかるという人はいない」とは言うものの、それは「九八％の歌はわかるけど、二％程度のなんか特殊な歌はわからない」くらいの意味だったりする、という体感があります。

我妻 短歌は原則、読む側に日本語さえインストールされてれば言葉の意味としては理解できるんだよね。でも定型感覚も一緒に入ってないと、短歌としてはじゅうぶんに読めないというか、歌で起こってることの多くを読み落としてしまう。さらに、たとえば口語短歌をちゃんと読むには口語短歌専用アプリが必要で、しかもアプリは日々アップデートされていくし、ややこしいのは最新版がひとつではないこと。複数の「最新口語短歌アプリ」が同時に存在するわけですね。わからない歌に出会うと、自分にインストールされてないアプリの存在を感じるでしょう？　でも新しい読みかたをどんどん受け入れていくにも物理的な（メモリの？）限界はあるし、アプリ同士の読みかたがバッティングして、どっちかをアンインストールしなきゃならないこともある。そういう意味で我々はある歌を読むことを諦めて、別な歌を読むことを選んでるところもあると思います。

平岡　全部の歌をわからなくていい、わからない歌があるのが当たり前、ということだよね。

我妻　平岡さんは「わからない歌」と聞いて何か具体的に思い浮かぶ歌はありますか？

平岡　「わからない歌」って、「どうしてわからないのかはわかる歌」と「どうしてわからないのかもわからない歌」の二種類があると思うんですよね。わたし自身、意味がよくわからない歌には日々たくさん出会うけど、わからない理由がわかればぜんぜん動揺しない。特殊な専門用語が使われている歌とか、あと、この作者はたぶんわたしより偏差値が二十くらい高いんだな、というのがくっきりわかる歌とか。ごめんね、と思いながらスルーしちゃったり、必要があれば言葉をちゃんと調べてわかろうとしたりする。そういう歌はとにかくググればわりとわかる。人を怯えさせるのはやっぱり「どうしてわからないのかもわからない歌」なんじゃないかなとは思います。

我妻　なんか、「歌の意味はわからないけど、その歌が存在する意味はなんとなくわかる」ことってありますよね。反対に「歌の意味はわかるけど、その歌が存在する意味が全然わからない」なんて場合もある。後者の歌は読み手側の実存の死角に入ってるというか、どれだけていねいに意味を読み取ったところで、たぶん「わかった」とは思えないんだよね。

平岡　「歌の意味はわかるけど、その歌が存在する意味が全然わからない」でいうと、わたしの死角に入っているのは寺山修司なんですよね。

人生はただ一問の質問にすぎぬと書けば二月のかもめ
一粒の向日葵の種まきしのみに荒野をわれの処女地と呼びき　寺山修司

寺山は作風は難解じゃないから歌の意味はわかるんだけど、なんだか模試の「解答例」みたいな感じがして、読むと心のスイッチが切れちゃうの。ただ、「その歌が存在する意味のわからなさ」の微妙なところは、たぶんその歌の支持率みたいなものも考慮に入っていて、人気があればあるほど、わからない人にとっての「わからなさ」が深まるんですよね。寺山は大人気だからわたしは戸惑っちゃう。べつに誰にも読まれてる気配がなければ「そっかー」って納得するのかも。

我妻　寺山はけっこう、短歌の読みかたに不慣れでも読めてしまう歌なんじゃないですかね。定型に呼吸を合わせて作中主体の五感にチューニングして……みたいな手続き抜きに、なんか「いい感じ」にかっこいい語の並びが気持ちよく目に飛び込んでくる。そこがつくり物っぽくて、嘘くさかったりもする。私は短歌をはじめたきっかけのひとつが寺山なんだけど、当時惹かれてたのはこういう歌。

間引かれしゆゑに一生欠席する学校地獄のおとうとの椅子
牛小舎にいま幻の会議消え青年ら消え陽の炎ゆる薫

寺山修司

私はわからないと言えばこの世のほとんどの短歌がいまだによくわからないというか、多くの歌を玄関先で引き返し続けてるんじゃないかと思うんです。でも寺山のつくり物っぽさには、玄関で靴を脱ぐことを強制されない安心感があったのかもしれない。寺山の歌は〈私性〉のテーマパークみたいなもので、とくにいま私が挙げたような歌は誰かの人生をマネキンとか、蠟人形で再現した展示をみるように読むものだと思う。個人的には、短歌に擬態した何か別物と考えた方がいいような気さえします。

「人生」読みの限界と混乱

平岡　自分の歌を「わからない」と言われることについてはどう思う?

我妻　言われるのはいいけど、短歌を「わかる」やりかたがもっといろいろ出回ればいいとは思いますね。人によって「わからない」歌はもっとばらけているべきで、いまはちょっとまだ偏りすぎてるんじゃないかな。

平岡　わたし、さっきの話でいうと、「歌の意味がわからないし、その歌が存在する意味もわからない」って先行世代にいっぱい言われてきた。「わからない」のハイブリッド。作風的には我妻さんも似たような感じじゃない？

我妻 意外と私は経験ないんだよね。歌壇の主流の人たちに読まれる機会がそもそも少なかったせいだと思うけど。平岡さんや私のような歌の場合、いちばん普及してるベーシックな短歌アプリではきっとうまく読めないところがありますよね。そういう歌自体はたぶんわりと増えてるんだけど、みんなやっぱり読みかたがよくわからなくて、むりやり従来の読みかたに落とし込んで読んでることが多い気がする。

平岡 従来の読みかた、というのはやっぱり作者のプロフィールにある程度準拠した読みかた、ということかな。うーん、わたしは個人的にはその読みかたで読んでもらっていいんだけど、ただ、わたしの実人生が、ベーシック短歌アプリが前提としている「人生」と入力項目が違うので、プロフィールを参照してもらっても白紙みたいにみえると思うんですよね。

我妻 いわゆる「人生」読みが短歌の世界では標準で、その場合の「人生」のありようもまた標準化されてしまっているということですね。

平岡 うん。いまの時代、標準的な「人生」を代入する読みかたには限界が来ていて、それじゃ「標準」じゃない人たちがとりこぼされてしまうじゃないか、ってみんな思ってる。でも、現行の短歌は「ざっくり言って人間はだいたいみんな同じ」と考えることで、文字数・情報量の少なさをやりくりする仕組みになっていて、つまり、けっこう長いあいだ「標準」に依存してやってきたわけだから、そんなに細やかな個別の事情を読み込めるようにはなっていない。そのあたりについてはたぶんけっこう大きな混乱が生じているんですよね。

我妻　三十一音というわずかな情報量でひとりの人間を存在せしめるには、書かれてないことは「だいたいあなたが想像した通りの人生を送ってますよ」という暗黙の了解に委ねざるを得ないわけだよね。そういうメタメッセージを伴うことでようやく、歌の中に個別性を書き込むことが許されるというシステム。このシステムが時代に合わなくなったと感じてても、短歌が好きな人って基本的には「人生」読みそのものを手放すことに抵抗あるんじゃないかな。

平岡　そうですね。でも、時代に合わない部分はそぎ落とした上で「人生」読みをやりつづけようとすると、歌の解像度をどんどん下げていくしかなくなるんですよね。

我妻　たとえば永井祐さんの歌みたいな、漠然と生活背景を想像させつつおもにその場の身体性で読ませる、という作風が支持されたのはそんな時代の空気が前提にあったのかもしれないですね。「人生」読みができるぎりぎりの地点。平岡さんの歌はその地点をはみ出してて、ただ身体性は言葉にかなり比重を移しつつ残ってるとも言える。先行世代にはそれが読み取れない人も多いから「わからない」と言われがちなのかもしれない。そこからさらに、瀬戸夏子さんや瀬口真司さんくらい身体性が希薄になるともう「人生」読みは不可能なんじゃないだろうか。

平岡　永井さんの歌は輪郭が簡素で、細かいディティールを読ませないけど、めちゃめちゃきめ細やかな空気が充填されている。その空気を味わうかどうかで、なにも書かれてない歌だと感じるか、情報量の多い歌だと感じるか、印象が真逆になると思うので、ツーウェイみたいなところはありますよね。時代の境目に合っている。「人生」読みができるぎりぎりの地点、というのはそうだと思う。瀬戸さんや瀬口さんくらい、みるからにはっきりと「人生」読みが不可能だとむしろ話は早いんだけど、現実には、どうにか「人生」読みを援用しよう、と思っている人や、そう思わせる作品が大部分を占めていると思う。

我妻　全体的にはそういう感じなんでしょうね。

平岡　なんかね、歌を読む現場が、聞いてはいけない質問の多いお見合いみたいになっているのをよくみる気がします。本来だったらここで年齢や職業や年収や家事能力を聞くんだけど、昨今ではそういう差別につながるような質問はしてはいけないらしいから、天気の話くらいしかできない、みたいな。「ステレオタイプな『人生』を当てはめてはいけない」を「無色透明な作者を想定しなければいけない」ことだと思っている人が多すぎます。

我妻　ステレオタイプを避けようとすると、結局ステレオタイプを希釈して目立たなくするしかなくなるみたいなのありますよね。それで「無色透明な作者」像に行きついてしまう。

平岡　「無色透明な作者」って「ステレオタイプ」が極まったかたちだからね。最近結社誌の「塔」(二〇二〇年六月号)に載ってた永田淳さんの評論で読んだエピソードなんだけど、歌会でこういう歌が出たんだって。

奇跡的に穴を通りし黒き糸ズボンの股のほつれをぞ縫ふ

この歌に、「この歌は年配の男性の歌だ」と評する人がいたり、その評に対して「作者が男性か女性か推測して歌を評するのはどうか」という批判が出たりしたらしいのね。永田和宏の歌だったそうなので、男性で合ってるんだけど、無記名の歌会だから歌会中にはわからないわけですよね。それで、その評論では「裁縫＝女性がすること」みたいなのが古いのはわかるけど、あんまり突き詰めすぎないほうがいいんじゃない？　という問題提起がされていて。わたしはこの歌自体はけっこうおもしろいと思うんだけど、歌会で起きたらしい議論にはいろいろ考えさせられるものがあるなと思って。

我妻　その歌、いかにも作者プロフィールに負うタイプの歌の表情をしてますよね。もし私が評するとしたら、歌が言外の主体像を読まれようとしてること込みで、評としてどういう態度を取るかを考えるとは思う。ただ、その歌のおもしろさは主体像とはあまり関係ないところにある気はするけど。情報を出す順序や省略のされかたがなんとなく変なところとか。

平岡　そうなんだよね。まず、仮に作者像についての読みのバイアスを外すなら、無記名での歌会というシステムにもう無理があるな、というのを思いますね。無記名の歌会というのは、おそらく「作者像についての読みのバイアス」から最も自由な場所、というイメージがあると思うんです。作者名がないゆえに、歌をプレーンに読めるはず、公平に扱えるはずだ、という期待が。

我妻 でも、実際には逆だと思う。作者名がなくても「だいたい作者っぽい」姿のアバターが機能することを見込んでいるゆえにこういう歌を無記名で扱えるわけなので。
歌会は作中主体像を立ち上げる場だ、という話をさっきしたけど、要はほとんどの人は歌に「人」を読んでるわけだよね。作者でも作中主体でも大した違いはなく、この短い詩形からひとりのキャラクターが立ち上がるのをみて、それを味わいたい、萌えたい、共感したいみたいな欲望ね。でも人間観がこれほど複雑化した現在、もうそれは難しいんじゃない？　という話で。そこから考え直すことなしに、作者の無色透明化をはかるのは短歌がいま直面してる問題に蓋をする意味しかない気がする。問題の解像度を下げて、気にならないようにして、あとは現状維持につとめるという感じ。

平岡 そうなんですよね。でも、それはそうとしてこの歌、穴がいっぱいあるのおもしろくない？針の穴と、ズボンに空いた穴と、ズボンの足を通す部分という穴と……。

我妻 針穴に糸を通す、という動作がズボンという「穴に脚を通す」ものを歌に連れてきたみたいにみえますよね。しかもズボンの股はほつれてて穴ができていると。定型に言葉を通す、という短歌の「穴」っぽい性質を上句で目覚めさせた結果、一首にこの「穴」だらけの景が出現したようにみえます。それはいわば目の錯覚なんだけど、短歌で読むべきなのは、そういう主客や本末の転倒した錯覚のほうだと思う。

短歌がしゃべりだす

平岡　**秋を百回見たら私はどうなっているだろう降りかかる黄葉**　**相田奈緒**

いい歌だと思って引いてみました。コマーシャルなんかで「このマットレスは八万回の耐久試験をクリアしました！」というような宣伝文句をみることがありますよね。この歌の「秋を百回」は、人間に対してかける耐久試験のようでおもしろい。

我妻　じっさいに秋を百回見る可能性はあるわけですよね。万や千じゃなく百だから。

平岡　人間の耐久性のちょうど上限くらい？「秋を百回加えたら人間は壊れる」みたいな。老いや死を予感している歌の一種だと思うんだけど、それに対して目を輝かせている感じがする。秋をみる〈私〉という一人称的な視点と、それを俯瞰する三人称的な視点が混ざり合っている歌だと思うんだけど、それによって、一人称視点ではみられないはずの〈私の死〉がちらっと映りこんでいるのがスリリングなのかも。

我妻　そう言われてみると、「降りかかる黄葉」というイメージは埋葬を思わせるところがあります。この歌は「秋が百回来たら」じゃなくて、「百回見たら」って言っているところがポイントなんだよね。

平岡　あー、たしかに。

我妻　「どうなっているだろう」という可能性にたぶん死んでいることもかなりの割合で含まれてい

るわけですよね。で、もし死んでたらみられないのに、「見たら」という視点が入りこむことで歌がねじれている。この作者の同じ連作（「文學界」二〇二二年五月号掲載「繰り返しているように」）に、

下を向いたはずみで落ちていく眼鏡が床とぶつかる夢の外でも　相田奈緒

という歌があって、この歌も、「夢の外でも」でありえない視点が入ってくる。四句目までが夢の中の話だとしたら、文体的に現在進行中のことを言っているみたいだし、夢の外で同じことが起きてるなんてわかるはずない。っていうか「夢」という枠の存在自体たぶん意識できないのに、こう言い切ってしまう。でもどっちの歌も作中主体が何か超能力的なものを発揮してるとか、神の視点に立ってるふうにはみえないんだよね。この奇妙な視点のねじれは、途中から短歌が割り込んでしゃべりだした結果にみえるというか。発話を短歌に乗っ取らせることで起こった現象のような気がする。

平岡　「短歌が割り込んでしゃべりだした結果」？　どういうこと？

我妻　短歌自身がしゃべりはじめると、歌におかしなことが起こるんです。作者の分身としてのいわゆる作中主体より大きくて、それに先立つものが短歌だと思う。だから作中主体がみないものをみてたり、知らないことを知ってても不思議じゃない。逆にいうと、短歌の口をふさぐことではじめて

生まれてくるのが作中主体であって、短歌自身がしゃべりだしたときは作中主体の危機なんですよ。話を単純化すると、この歌は意味的には四句目までで終わってしまってもいい形をしてると思うんです。終わらなかったのは定型が七音分余ったからで、その余りを埋めるために「夢の外でも」があらわれたともいえる。「下を向いたはずみで落ちていく眼鏡が床とぶつかる」できれいにひとつ輪が閉じてるけど、それよりひとまわり大きな定型の輪とのあいだに隙間ができてしまって、そこにある空白で、作中主体からマイクを奪うみたいに短歌がしゃべりだしてるわけ。

平岡 なるほど、「短歌にしゃべらせる」というのでいうと、我妻さん自身の歌は「短歌にしゃべらせている」という感じが強いかもしれない。我妻さんの歌は、なんだか上の空で心にもないことをずっとしゃべっている人みたいな、不思議な印象がありますよね。

あの人は右と左を糊しろで繋げたようで声が好きだわ　**我妻俊樹**

とか。

我妻 そうですね、私の歌の場合は全部が全部うわごとみたいなものなんだと思う。高熱があるとき無意識に口走った言葉は、社会的な存在としてのその人のふだんの言動とか、評価と切り離して受け止めますよね？　社会とは別の層から出てきた言葉だから。うわごとってそういうものだけど、相田さんの歌は基本いわば社会に登録されてる人の言葉というか、リアルなモードで読ませる歌で、そのなかに突然うわごとが入ってくるから混乱するわけだよね。

平岡 相田さんの歌は永井祐さんの影響をつよく感じさせる部分があって、基本は地に足がついていて、生活のすごく細やかなところをみていく感じの作風だから、そのなかにふわっと浮く部分があるのがおもしろいですよね。文体が堅実すぎて、どこで変なことが起きているのかも一瞬わからなかったりする。だから、相田さんの歌にはわたしはうわごと部分も含めてある種のリアリティを感じる。短歌がしゃべっている部分があるとしても、歌の最後に「ああ、それちょうどわたしが表現したいことでした。代弁してくれてありがとう」って承認している作者のハンコがみえるような。

我妻 我妻さんはかなりしゃべらせっぱなしだと思うんだけど、そのあたりに、歌人によって「短歌のしゃべらせかたの違い」もあるかもしれないですね。どこで短歌がしゃべってるか、短歌がしゃべりだした瞬間をみつけるのが、歌を読む最大の喜びみたいなところがあるんですね、私は。だから作者が隅々まで言葉を制御しきっているような歌は、みごとだなとは思ってもあまり興味が湧かない。

廃村を告げる活字に桃の皮ふれればにじみゆくばかり　来て　東直子

現代短歌のスタンダードのひとつと言っていい名歌です。この「来て」を読んだときすごくびっくりする感じも、短歌がしゃべりだした瞬間の驚きなんだと思う。一字空けの前後であきらかに話者が入れ替わって、「来て」は誰の声なのかわからない。これって一字空けというより、「～にじみゆくばかり」のあとが空白なんだと思うの。話者が退場して定型が空白になってる。そこに短歌自身の声がにじむように浮かび上がってきてる。ちょっとすごすぎる例なので、同じような歌をさがすのは難しいけど、もっとさりげなくというか、よくみるとここで声が入れ替わってない？　一瞬だけ正体不明の声混じってない？　みたいなことは短歌ではしばしば起きていると思います。

声のトーンが変わる

我妻　**四つ葉かと思ったら三つ葉が重なってそう見えただけ　プレゼントだよ**　**絹川柊佳**

話者が入れ替わるのとはまた違うけど、一字空けの後に歌が突然顔を上げて話しかけてきたように感じられる。これもすごい歌です。声のトーンがふっと変わったときに世界が一変してるのが短歌なんだ、って思いますね、こういう歌を読むと。

平岡　うーん、どういうことだろう。

ローソンだ近くに行って見てみよう　雨の横断歩道を渡る　**絹川柊佳**

同じ作者の歌だけど、声のトーンが変わるというのはたとえばこういうこと？　台詞のような上句と、地の文のような下句と。

我妻　そうですね。ただその歌の場合は上下句の境と声の切り替わりが一致してるので、〈四つ葉〜〉の歌みたいな声の変化そのもののすごさをみせるというより、上句の台詞の魅力を下句が額縁みたいにきわだたせてる、ということかなと思うけど。

平岡

少しずつ角度違えて立っている三博士もう春が来ている　服部真里子

この歌の「もう春が来ている」の部分について大森静佳さんが「一オクターブ高い声が重なる」というような評を書いていて、おもしろいなと思ったことがあるんだけど、この「三博士」「もう」のあいだでトーンが変わる感じとかはどうですか？

我妻　その大森さんの評はおもしろいですね。たしかにこの「もう春が来ている」は上から重ねた、かぶせられた声のように感じる。四句目の句割れ（「三博士／もう」）が、この場合は何かの切り替わりっていうより、そこまで聞こえてた声に食い気味に別の声が話しはじめたようにみえる。

平岡　服部さんは句割れの使い手なんですよね。

向こうという言葉がときに外国を指すこと　息の長い水切り
菜の花が夢そのもののように咲く日暮れあなたの電話がひかる
行くあてはないよあなたの手をとって夜更けの浄水場を思えり

服部真里子

我妻　「指すこと／息の」「日暮れ／あなたの」「ないよ／あなたの」それぞれちょっと食い気味にいく感じがあるんだけど、三博士の歌はこのへんの歌よりも言ってる内容が三人称的だから、より「別の声」っぽさが際立つのかも。

平岡　落語家が二人の人物を演じ分けるとき、人物の切り替わりをひと息で、息継ぎなしで演じることで台詞が食い気味に聞こえて、逆にほんとうに二人の人間がそこにいる感じが出る、みたいなことがあると思うんですよ。句割れは時にそういう効果をもたらすこともある。

我妻　絹川さんの歌の話に戻るけど、でも、この歌のよさは、同じ作者のローソンの歌や、服部さんの句割れの歌ともまた違う、ということだよね？

ぱっと見は「四つ葉のように見えた三つ葉」をプレゼントしてるようにみえるというか、この歌から穏当な内容を読み取ろうとしたらそうなりますよね。でも一字空けを挟んでの意味的、文体的断絶は字空け前をまるごと「プレゼント」しようとしてるという読みを誘うと思うんです。つまり「四つ葉かと思ったら三つ葉が重なってそう見えただけ」という状況そのものを、「プレゼントだよ」と差し出してるような。それってすごいことなんじゃないかな。

平岡　わかってきた。わたしは「三つ葉」をプレゼントしようとしている歌、もしくは、四句目まではまったく関係ないプレゼントを人に渡そうとしているイメージで読んでいました。でも、そのどちらもしっくりこないというか、その中間くらいで読みたい気がしていたので、「状況そのものをプレゼント」というのはいい読みなのかもしれない。

明日着る服を重ねてその上にのせる靴下いちごのように　絹川柊佳

我妻　これはわたしが好きな歌で、この歌はすごく自然に言葉が連なっているのであまりびっくりしないと思うんだけど、ほんとうは「いちごのように」でびっくりするべき歌、と思うんですよね。服の山をショートケーキに見立てていて、靴下をのせることで完成するんだけど、「いちごのように」が出てくることで四句目までがさっと書き換えられる感じがする。四つ葉の歌とはすこし違うかもしれないんだけど、結句でぱっと景色が一変するところが似てる。

四つ葉の歌も「プレゼントだよ」という結句がプレゼント用のリボンみたいだよね。最後にリボンをかけることで歌全体がプレゼントに変わってしまう。だから二つの歌はたしかに構造がよく似てると思う。結句から遡って歌全体がショートケーキにされたり、プレゼントにされたりしたとき、そこまで歌を読んできた私も巻き込まれ、ショートケーキやプレゼントの一部になってしまう。読者はそのことに動揺してしまうのかもしれない。

常套的なものと運命的なもの

ほしいものリストに冬の星があるこのパーティーに入ったら死ぬ　**土岐友浩**

平岡　土岐友浩さんはわたしと同世代の歌人、文体がすごくシンプルで、いわば短歌界のミニマリストです。いろいろおもしろい作品があるんだけど、これは最近雑誌でみかけていいなあと思った歌。どういう意味の歌なのか、わかるかというとあんまりわからないんだけど、消費社会に対するいろいろな気持ちが皮膚すれすれを通っている感じがする。三句切れではなくて「ある」は連体形で読みました。冬の星をほしがっている集団がいて、自分はそこには入りたくない。そう説明するとちょっとシュールなんだけど。

我妻　「ほしいものリスト」っていうのはショッピングサイトのAmazonで買いたいものを登録しておく場所のことですね。そういう現実的で生活感のあるリストに「冬の星」っていう詩的な、非現実的なものが登録されてるのは短歌ではわりと常套的で、みたことある光景かなと思う。だけどこの歌は「ほしいもの」に含まれる「ほし」の音によって「冬の星」が呼び出されたようにみえるところと、二つの「ほし」に含まれる「し」の音が結句で「死」の予感を語らせているようにみえる。そこがいいなと思う。「ある」が連体形かは私は微妙で、終止形にも連体形にもみえる、というところで上下句が切れたりつながったりする、その点滅みたいなものも含めて読む歌かなと思いました。

平岡 「ほしいものリスト」と「冬の星」の組み合わせが常套的なのはこの歌にはたぶん織り込まれていて、だからこそ「入ったら死ぬ」と言っているんだろうと思うんです。でも、その常套的なポエジーがちゃんと機能してしまっている歌でもあって、そのあたりに変な屈折がある。「ほし」「ほし」「し」の音のつながりはたしかにすごくよくて、「ほし」と歌をはじめたときにもう運命が決まっていた感じがしますよね。

我妻 ああなるほど、これは常套的なものを運命的なものに読み替える、そういう歌なのかもしれないな。常套的な、ステレオタイプに接近した抒情を上句で示して、それが下句で運命としての「死」に回収されていく。ただ下句の「パーティー」の読み解けなさはポイントで、パーティーだから他に参加者たちがいるはずだけどその顔がいっさいみえてこない感じは、上句の「ほしいものリスト」に登録された「冬の星」以外のもの、その情報の空白をかすかに振り返らせるところがある。

平岡 「パーティー」は意味的には催しを指す場合もあるし、集団を指す場合もあるし。外来語ならではの不安定さがあって、それがけっこう効いてるような。この歌は「ほしいものリスト」というデジタルなものがあるせいか、オンラインゲームの「パーティープレイ」みたいなものを連想させて、それが「顔のみえなさ」につながっているかもね。この「星」自体「お気に入り」を連想させるところがありますよね。

我妻　パーティーを集団の意味で取るなら登山パーティーというのもあるね。「冬の星」からの連想で、下句を雪山での遭難の予感のようにも読めるかもしれない。

平岡　「無謀な登山に加わると命に関わる」みたいなこと？　絶対そういう歌じゃないと思うけど（笑）、おもしろい。山頂での天体観測をめざして盛り上がってる軽薄な登山隊と、ひとりで内心焦ってるのになぜかそこに巻き込まれていく作中主体……悪夢ですね。

引用への誘惑

我妻　どんな評をするかより、どの歌を評するかのほうが重要って話をさっきしたけど、歌をただ選ぶこと自体の能弁さってあると思うんだよね。ある歌を誰かが選んだ、というそのことによって歌が浴びる光がある。ネットのＳＮＳとかブログで引用された一首が、歌集にあったときとは別の歌みたいな表情をみせることってあるでしょう？　それは歌集の文脈から切り離されて一首が本来の可能性を取りもどした、ということでもあるけど、作者以外の名前のそばに置かれることの効果もあると思う。この人がこの歌を引用した、というのをみるだけで歌のみえかたが変わることが短歌にはありますね。

平岡　ありますよね。選をした人の名前によって歌のみえかたが変わった経験はほんとうにたくさんある。あと、「この人はどの歌を選ぶんだろう」という興味が絶えないタイプの人っていて、そういう人は書き手としてやっぱりいいなあと思う。引用によってみえかたが変わるのはたぶん短歌にかぎらず、たとえば散文のなかの一節とかでも起こることだと思うんだけど、散文を引用する場合はどこで切るかという判断が高度なものになるし、もとの文章から一部だけを切り出すことの恣意性みたいなものを引用者も読者も多少は意識することになると思うんだけど、短歌はとにかく「引用してくれ」ってかたちをしているから……。

我妻　その「引用してくれ」の誘惑にどう応えるかっていうのが、選ということですね。ある歌からの誘いは無視して、べつの歌からの誘いには応じる。ふだんの歌の好みとか作風からしたらいかにも選びそうなのに、そういえばこの人ってあの人の歌絶対に引用しないよね、ということにふと気づいたりするとなんか興奮するでしょう？（笑）。そこで人間関係とかゴシップ的なことに思いをめぐらすのもまあ楽しいけど（笑）、そうじゃなくて何か批評的な秘密に触れたような気がするわけです、そういうとき。短歌の世界の景色が、そこから一枚めくれそうな予感がする。

平岡　それ興奮しますよね。そういう歌、わたしは知人だったら「この歌好きそうだけどどう思ってますか？」って聞きに行っちゃうことが多いかも、どうしても気になって。でも、聞くとすごく説得力のある「選ばない理由」が返ってくることが多いです。つまり、本人にとっては「いかにも選びそう」じゃないんだよね、たぶん。

我妻　そうなんですね。

平岡　大きくいえばみんな自分の歌に似た歌が好きなんだと思うんだけど、その「自分の歌」観が本人と第三者とで違うということなのかもしれない。

我妻 みんな自分自身のことはだいたい誤解してるからね。

平岡 自分自身の歌に似ている歌を選びがちだな、と自分で思うことはありますか？

我妻 自分で思う以上に選んでるような気がしますね。だけどたしかに、人から「あなたの歌に似てる」みたいな指摘を受ける歌に対しては微妙な気持ちになることもある。なんだろう、自分では魂の距離みたいな話をしたいのに「耳のかたちが似てますね」とか「くしゃみするときの顔がそっくり」とか、みた目の話をされて不満を感じるというか（笑）。

平岡 なるほど（笑）。わたしは自分の歌について「この歌の作者は◯◯（バンドの名前）が好きそう」みたいなことを言われることが多くて、そのたびにちょっとだけ心外な気持ちになるんだけど、それに近いのかな。あまりに外れていても、あまりに当たってても、なぜかどっちでも「えー！」って思う。

我妻 そういう指摘って、予想という意味では外れてても「いかにも◯◯のことが好きそう」という意味では当たりも外れもないじゃない？ 人からはそうみえるんだなという話だから。その反論しようがない感じって「くしゃみするときの顔がそっくり」って指摘されたときの無力感と同じですよね。作品を人目にさらすのって、そういう身も蓋もなさも受け入れることなんだろうなと思います。作品の大半はよくも悪くも読者のものであって、作者はほんのわずかな魂みたいな部分を死守することで、どうにか読者と渡り合ってるんだと思う。

平岡　そうね。ただ、くしゃみするときの顔は変えられないけど、つくる短歌は変えられるじゃないですか。短歌は読者からの反応を反映させやすいから、不本意な反応をよける方向に自分の作品をつくりかえていくことがある程度はできてしまう。それは短歌の身軽なところでもあるけど、危険なところでもあるから、人からの「○○に似てる」を真に受け過ぎないのも必要なのかもしれないとも思う。人が自分自身のことはだいたい誤解してるとして、その誤解をあくまで守り抜くことの大切さというか。

自分を小さくする

平岡　**入りてこし昼の映画館に若者の咽喉《のみど》のやうな冥き幕垂る**　**真鍋美恵子**

歌の鑑賞を続けるね。真鍋美恵子は葛原妙子と同世代で、作風的にも近いところがあります。日常の描写をすこしずらして不穏なイメージを持ち込むことに長けている。この歌は映画館の緞帳《どんちょう》のことかな。いまの映画館はスクリーンが剝き出しだからわたしは映画館の「幕」を生でみたことないんだけど、イラストなどで表現される「映画館」はなぜかいまでも赤い幕がつきものなので、なんとなくイメージはできる。

我妻　緞帳っていう、上映時には開いてしまうものを「咽喉」にたとえているのがおもしろいですね。

色とか質感だけでなく、胃の中や映画の世界へと至る通過点である、という性質にも軽く触れている感じがする。「わかる」っていう共感よりは驚きに寄った比喩だと思うけど、「の」の音の連続の中に「咽喉」というたとえを埋め込むことで、韻律的に支えてるようなところもある。

平岡 口のなかにいるイメージってことですよね。そんなに厳密な見立てではないと思いつつ、客席は歯なのかなとか想像しちゃう。

我妻 そうか！　劇場の空間全体が口腔に見立てられているわけですね。口の中でこれから映画の世界に飲み込まれるのを待つあいだ、客は「咽喉のやうな」緞帳に向き合っているという。それって巨人の口の中にいるようなものだから、スクリーンに映し出される人間のサイズを先取りしていることでもあるのか。

平岡 わー、巨人の口の中、たしかに。この歌、時間帯が「昼」だったり、咽喉が「若者」のものだったり、ところどころギラッとしてるところもおもしろいなあと思ってた。自分を飲みこもうとする巨人はそれはエネルギッシュですよね。真鍋美恵子は二十世紀をほぼまるごと生きた人で、映画の全盛期を通っていると思うから、映画館を「若者」に喩えるのは、いまのわたしが感じるほどには意外な表現ではないのかもしれないけど。

我妻 映画というメディア自体の若さと生命力が乗り移ったような比喩なわけですね。

平岡 この歌、たとえばだけど「映画館は巨人のごとし」とまで書いてあったら、逆に映画の生命力にまで触れなかったと思う。作者がピンポイントで「咽喉のようだ」という点に気を取られているからこそ読者があたりを見回すことができる、という感じがします。

我妻 歌で起きてることのすべてに作者が気づいてるわけじゃない、というそのことが歌の大きさを伝えてくるってことですね。「映画館は巨人のごとし」みたいな大ぶりな把握だとかえって歌を小さくしてしまうことがある。作者の手のひらが大きすぎて、詠う対象を握りつぶしてしまってるようなケースは短歌にはけっこう多いと思う。

平岡 つくるときには、やっぱりできるだけおもしろくしたいから、広げられるだけ広げたくなっちゃうんだけど、手のひら。

我妻 逆に、詠う対象より自分を小さくするのって直感的にはどうしたらいいかわかりづらいかも。たぶんそのための方法が、短歌にはいろいろと歴史的に蓄積されてるんだと思うけど。

平岡 写実に徹する、とか？

我妻 そうだね。この真鍋美恵子の歌もそうだし、葛原妙子なんかも写実が歌のベースにありますよね。手をのばしてぱっと摑みにいくんじゃなくて、じっと凝視する感じ。凝視すればするほど対象は大きく複雑になっていくから、そこで日常的な遠近法が崩れてだんだん得体のしれないものにみえてきたりする。

平岡 そうですね。でも、興味深いのは、真鍋美恵子や葛原妙子は一般的には「写実」の人だとは思われていないこと。幻視、幻想、というキーワードでよく説明される。それは「ないものをみている」ということだよね。短歌で「写実」というときに思い浮かべられるのはたぶんこういう感じの歌でしょう。

白藤《しろふち》の花にむらがる蜂の音あゆみさかりてその音はなし　佐藤佐太郎

葉の影が幹の裏よりまはり来て樟《くす》の木は夏の午後となりたり　大辻隆弘

傘立ては竹刀置場に使われて同じ高さに鍔は触れあう　吉川宏志

我妻　真鍋の掲出歌は「若者の咽喉《のみど》のやうな」がおもしろくて一首のキモになってるけど、こういう主観を通ったつよめの比喩に字数を費やすと、対象を逐次的に言葉に置き換えるという感じは薄れていわゆる写実っぽくはなくなるのかな。凝視する態度としては写実的だけど、表現としては少し離れると。

今しばし麦うごかしてゐる風を追憶を吹く風とおもひし　佐藤佐太郎

昼しづかケーキの上の粉ざたう見えざるほどに吹かれつつをり　葛原妙子

平岡　佐太郎の歌は途中から自分の心のなかの話になっていて、葛原の歌はずっとケーキを凝視している。どちらがより「写実」かというと、葛原のほうだと思うんだけど、短歌的には佐太郎のほうが写実的だといわれる。心象風景は「現実」のうちだけど、縮尺がゆがむと「非現実」

と見做されるのはなんか不思議だなと思います。

我妻 写実の考えかたって「人間は現実を捉えるカメラや記録媒体として規格がある程度統一されてる」という人間観が前提にあるんだと思う。だから縮尺の歪みなんかがみつかると「現実じゃない！」ってたちまち弾かれちゃう。定型はそういう選別が得意だしね。その佐太郎の歌は、外界と心象がシームレスに書かれてて、心象にも外界の遠近法がいきわたってるようにみえます。対する葛原の歌は、凝視によって外界そのものが歪んでるわけですよね。写実をベースにしながら、そもそも写実が前提にしてるような人間観を覆してるところがある。

平岡 葛原の歌は、過集中によってロボット状態になっているようなところがあっておもしろい。このケーキの歌も、レンズを覗きこんでいるような気持ちになりますよね。

我妻 粉砂糖に集中しすぎて心が消えてるみたい。ほんとは定型ってどんな作者にとってもレンズなんだと思うんです。でもみんな無意識に対象との距離をそろえて、横並びになってるんですよね。そうやってレンズという異物の存在を意識から消してる。こういう特異な距離感を持った歌を読むと、視界に違和感が生じるのでレンズの存在に気づかされる。

平岡 すこし話が飛ぶんだけど、わたしは疲れているときとかにある種の離人感をおぼえるときがあって。自分の視界が妙に偽物っぽく感じられて、現実ではなく映像をみているような気持ちになる。葛原の歌は全体的にそういった感覚に似ていると思っているんだけど、それも「ないレンズ」を感知しているということですよね。

我妻　この歌はちがうけど、葛原って字足らずの歌が多いでしょう？　それも対象との距離感に関係ある話のような気がする。いわゆる適正な構図を犠牲にしても捉えなきゃならない対象があるとき、短歌では字足らずのような破調になりがちかもしれない。

平岡　字足らず多いですね。

晩夏光おとろへし夕　酢は立てり一本の壜の中にて
黒峠とふ峠ありにし　あるひは日本の地図にはあらぬ　　葛原妙子

一音二音足りないようなのもあるけど、へいきで代表歌級の歌で「あれ、一句足りない？」みたいな作品もある。葛原の字足らずは、生きることへの不安が反映されている、という読みかたをされることが多いと思うけど、「対象との距離感」、たしかに、と思う。いま挙げた歌でも、歌が途中でつままれている感じがするというか、字足らずの部分と連動して遠近感がぴょんと飛ぶような感じはある。

我妻　破調が正しいってことじゃ全然ないけど、定型のレンズでみつめる対象は言葉でできてて、言葉には必ず字数や音数があるからね。なめらかすぎる韻律は、定型というレンズがみせたいものだけみせられてる証拠かもしれない。その可能性はいつも疑うべきだと思います。

斉藤斎藤一首評

本歌取りについて

我妻俊樹

加護亜依と愛し合ってもかまわない私にはその価値があるから

斉藤斎藤

この歌はよく知られているように

桟橋で愛し合ってもかまわないがんこな汚れにザブがあるから

穂村弘

という歌の本歌取りである、と言われています。

二句から三句にかけてが表記も含めそのまま引用され、結句の末尾の「があるから」も同じ位置にみることができる。そして並べてみて気づきましたが、全体の字数もきっちりそろえてあるのですね。

また、これもたぶんよく知られた事実として、掲出歌の下句はまるごとロレアル・パリの広告コピー（「私にはその価値があるから」）の引用です。

つまり一首の中で作者オリジナルの（何らかの引用元を持たない）表現になるとみなせる部分は初句の「加護亜依と」のみということになるわけです。

では、初句以外はすべて既成フレーズを組み合わせたこの歌に、「加護亜依」の名（それ自体がみえない括弧付きの、一種の〝引用〟されてきた有名人の名ではありますが）を持ち出すという一点に作者が表現の力の置き所を絞り込み、この人名の選択に自らの主張を滑り込ませているのかといえば、どうもそうではないようである。

穂村の歌の上句「桟橋で愛し合ってもかまわない」の中に二度あらわれてくる「ai」という音（「愛」「ない」）に促されて、「ai」の音を名前に持つ有名人である加護亜依が、ここに呼び出されているだけのようにみえるからです。

穂村の本歌と引き合わせるのにもっともふさわしい「ai」として、多くの「ai」の中から初句に助詞「と」付きで字余りなしで収まるという稀有な「ai」である加護亜依を発見した、という作者の手柄に注目するかぎり、この歌から作者または作中主体による加護亜依という人物への思い入れを読み取ることは困難になるでしょう。このような正確な作業の痕跡が、個人的な思い入れを読み取れるような隙間をあらかじめ作品から奪っているからです（ただし、そもそもの本歌における連続する「ai」への注目、および更なる付加によるこの執拗な三つの「ai」のくりかえしを、この歌の作者がやはり二つの「ai」を含む筆名の持ち主であることと結び付け、この符合に何かたとえば精神分析的な解読などを試みることは、もしかしたら可能なのかもしれない）。

さらに、下句に広告コピーを引用するという態度もまた本歌(「がんこな汚れにザブ」は洗剤の広告コピーである)の構造を律儀になぞっているものです。しかもここでは「〜があるから」という末尾を穂村の歌と同じくするとともに、きっちり下句の音数にはまり、さらに「watashi」「kachi」という二つの擬「ai」(「a-i」)に子音をはさんでいる)さえ含むというこれもまた希有な、本歌と引き合わせるのにもっともふさわしい広告コピーが発見されていることに驚かざるをえません。

洗剤(汚れを落とすもの)に対する化粧品(美しさを上乗せするもの)という取り合わせの鮮やかな対照も含めて、読み取れるのはあくまで作業の正確な遂行ぶりであり、恣意的な引用の陰に息をひそめる主体の気配、のようなものを感じ取れる余地はここにはまるでないのです。

本歌に潜在的に書き込まれていたともいえる、部分の置き換えの可能性の指示を正確に読み取り、ふさわしい〝すでにあった〟ものの部品を呼び寄せて交換の作業を遂行すること。それは一般に、人が文学や芸術といったものにイメージする作者の姿とはかけ離れているかもしれない。しかし作品とは、このような「正確な作業」ののちにあらわれてくるものだと思うのです。

ここにはたまたま本歌取りという、作業の正確さを測りやすい基盤があったというにすぎない。作品が作品としてすぐれているかどうかの基準は、極論すれば、それがどれだけ「正確」につくられているかという一点にしかないだろうと私は思っています。作品のテーマとか作家性とかいったものは、「正確」であることのバリエーションでしかない。作品にはそれぞれの正しさがあるはずであり、その（およそ作品自身だけにみえている）正しさに対してどれだけ正確であるかが作品に問われる唯一のことです。

そして掲出歌の場合、「正確」さの徹底のために短歌が、このごく短い詩型があけわたされていること。そのひたすらな遂行の場として使い切られているところに生じている批評性を、ひとつの作家性のあらわれとしてわれわれは見届けることになるでしょう。

佐藤佐太郎一首評

日の字

平岡直子

秋分の日の電車にて床《ゆか》にさす光もともに運ばれて行く

佐藤佐太郎

きれいな景色をみて「絵葉書みたい」という感想が口をつくことがある。佐太郎の歌を読むときにしばしば抱く奇妙な感動はそれに似ている。「これは現実の景色の描写だ」と確信しつつ、同時に「絵のようだ」とも感じてしまうのだ。構図が美しすぎるのだと思う。

ゆきずりに見たり小路《こうち》はその奥に桜の花が咲きて明るく

佐藤佐太郎

大切な絵本を開いているような歌だ。構図への意識をつよく感じる歌。通りすがりにふと目に入った小路の奥に桜が咲いていた、ただそれだけの歌なのだけど、小路の奥の桜が咲いているエリアだけがあかるく描かれることによって、ほの暗いなかに桜へ通る道が一本浮かびあがっているように感じさせられる。現実に道を歩いている場合、自分が進まない横道は意識の上では平べったい絵のようなものなのだから、そこに奥行きを発見することは、作者の意識の上では「絵にリアルな奥行きを感じた」ようなものだといえるのかもしれない。

佐藤佐太郎

日盛《ひざかり》の道のむかうに華やかに絵日傘売《ゑひがさうり》が荷を置きにけり
夏の日のかたむきかけし広場《ひろば》には驚くばかり桜が太し
夕光《ゆふかげ》のなかにまぶしく花みちてしだれ桜は輝《かがやき》を垂る
暴風雨ののちの光に屋上にわがいでくればまつはりし蜂
どの窓も金属のごとき光して下のかぜ吹く道より見ゆる

直線で構成されることが多い佐太郎の歌は、線のコントラストをつくるのが上手いと思う。細い線と太い線、垂直な線と斜めの線がおしゃれに組み合わさっている。三首目をみると、そうかこの人にとって花とは光だったのか、と早合点しそうになるけれど、四首目だと蜂もたぶん光だし、五首目はそうは言ってないけれどほとんど風を光だといっているようである。たいていのものは光なのだ。光が直線的なものであることは関係があるかもしれない。

風景に対する敬意は線のとりかたによってあらわれ、自分の思いは彩色にこめる、という印象である。だからなのか、構図が非現実的なことはないわりに色の描写はしばしば変だ。彩色の濃淡や艶に感情の起伏があらわれているのだと思う。「光」はその彩色が極まったかたちでもあり、その光のなかにも細かいグラデーションがある。

秋分の日の電車にて床《ゆか》にさす光もともに運ばれて行く

佐藤佐太郎

よく知られたこの歌を、わたしも佐太郎の代表歌だと思うのは、すごい歌であるとともに作者の特徴を説明しきっている歌であるように感じるからだ。電車の窓という直線的で硬質な枠があり、その枠のなかを光が通る。電車は作者自身のようなものだ。作者の身体、あるいは心が動くとき（そして身体と心はしばしば連動している）、電車が走っても窓枠が変形しないのと同じように歌の構図は乱れないけれど、その枠を通した光は微妙に表情を変え、うつろうだろう。

電車の床に着眼するのも、実際には運ばれているわけではない光をあえて主観的に「運ばれて行く」と描写するのも、それぞれ巧みな表現だと思うけれど、そんな巧さが名歌を生むわけじゃない。この歌の奇跡は「秋分の日」という言葉のおそろしいほどの効きかたにある。秋分の日は昼と夜の長さが同じだとされている日だ。ここに等分というイメージを図形的にあらわしたかのような漢字「日」が含まれているのが美しい。その「日」の先に「電車」があらわれるとき、わたしたちが思い出すのはこの漢字のかたちの窓である。電車の窓。ローカル線でみたことがある、上げ下げすることで開閉できる窓だ。そしてまたこの「日」という漢字は、「床にさす光」の光源を暗示するという役割も担っている。

この歌を読むときに、迷わず昼間の電車を思い浮かべなかっただろうか。この電車に昼の光を感じ、線路が視界を二分する別アングルの景色まで脳裏をかすめてしまうのは、「秋分の日」によって決定していたことなのだ。わたしはこの歌の「日」の字なら飽きずにずっと眺めていられる。

葛原妙子一首評

韻律起承転結説

我妻俊樹

散らばりしぎんなんを見し　かちかちとわれは犬歯の鳴るをしづめし　葛原妙子

もう少しましな、というか正確な名前がないかと思っているけれど、私の持論に「韻律起承転結説」というのがある。短歌が一首のうちに特定の子音や母音を何度もくりかえすことはよくあるが、その場合くりかえされる音がつくりだすリズムが一種の起承転結をつくる傾向がみられる、という説である。

ある音が一首の冒頭近くに少し間を置きながらくりかえしあらわれ、半ばあたりにさしかかってふと消えたかと思うと、末尾近くでふたたび姿をあらわし今度はたてつづけに響いたのち一首が閉じられる、というのがその典型的なリズムである。

たとえば、ここに引いた葛原の歌の中には「し」の音が五度響いている。初句で「散らばりし」、二句で「ぎんなんを見し」とそれぞれの句の末尾に印象深く響いた「し」が三句「かちかちと」からは消え、四句の末尾近くに「われは犬歯の」の「歯」の字に隠れながらもどってきたかと思うと、結句「鳴るをしづめし」で一首の終わりに畳みかけるように二度響いて歌が閉じられる。

このようにリズムに起承転結を聞き取ることができるのだが、さらにここでは一字空けののちに置かれた三句の「かちかち」という印象的な反復のオノマトペが、一首の冒頭の音「散＝ち」に半分予告されていたことや、起承転結を刻む「し」とこの「ち」がともに〈i〉をわかちあっていることにより、一首がいわば冒頭の「ち」から末尾の「し」へとゆるやかに渡されていくグラデーションであることもまたみてとることができるだろう。

歌ではさまざまなことが同時に起きている。意味と韻律の層それぞれに読みとられるべきできごとがあるのみならず、韻律にかぎっても一首中いくつものことが並行して起きている。そのすべてを指摘することは誰にも不可能だが、一首のあきらかな有限性が同じ文字列の上に何度も視線を折り返させることで、その不可能さが際立つのだと云える。あらゆる短歌は短歌であるとともに、たんなる日本語の文字列としても読めてしまうし、そうでなければ短歌として成立しない。このことにはじつは一首を呑み込んでしまうほどの深い裂け目がはしっているのではないか。歌を読むことは、地層のように歌の複数の層がくりかえしあらわれるその裂け目へと、足を踏み外す経験でもあるのかもしれない。

馬場あき子一首評

心の底で

平岡直子

女なること忘れをりしが夏たけて鯉魚《りぎょ》たり夢に濃きやみを泳《ゆ》く

馬場あき子

年長の女性たちに、年を取ったら楽になるから、と励まされながら生きてきて、最近は年少の女性に同じ言葉をかける機会も増えた。「女」の華やかな面が目減りすればするほど自由になる、という意味だ。事実だと思う。だけど、なぜあのころの華やかさはわたし自身のものではなかったのだろう？

この歌の「女なること忘れをりしが」は、自分の性別を心底忘れて過ごしたという意味ではなく、ある特定の華やかさを遠ざけて生きてきた、ということだと思う。社会生活をしているかぎり、女性であることを心底忘れることなどできないからだ。夏たけて、つまり、肉体の盛りをむしろ過ぎてから、夢のなかで自分のほんとうの身体を、自分がどれだけ華やかで色鮮やかな存在であるかを思いだす。この力強い〈鯉魚〉には不可侵の華やぎがある。

第3部

ふたたび、つくる

連作タイトルの自由

我妻 第1部で連作のつくりかたについて話したけど、もう少し連作の話をしたいと思います。平岡さんの連作はタイトルがどれもすごくいいんですよね。歌集のタイトルにもなった「みじかい髪も長い髪も炎」や、「アンコールがあればあなたは二度生きられる」みたいなちょっと長めのタイトルは、短歌になりかけた文字列のような不安定さと強さを兼ね備えたところがある。「アンコール〜」のほうはじっさい連作内の歌のフレーズから取られていますね。あとは「装飾品」とか「視聴率」みたいな、シンプルな名詞を置くタイプのタイトル。こちらは内容とあまり関係なさそうな一語が、連作全体と同じ重さで釣り合ってるような不思議な魅力があります。

平岡 連作タイトル、我妻さんはいつつけますか？　わたし、いろいろ試した結果、理想としては連作が半分できたところでつけたいんですよね。二十首連作だとしたら十首が用意できたところでその十首の声を聞いてタイトルを決めて、残りの十首はタイトルに引っ張ってもらってつくる、というような。でも、現実にはいつもなにかに追われてつくっていて、タイトル決めるのも最後ぎりぎりになっちゃう。

我妻 私は原則、いちばん最後かな。ストックから持ってくる場合も多いですね。これは作風にもよるだろうけど、短歌連作のタイトルってたとえば小説のタイトルなんかとくらべてかなり自由にふるまえると思うんですよ。言葉選びのセンスさえ外してなければ内容と無関係でも受け入れられるっていうか。歌には使いどころのないよさげなフレーズを思いつくたび取っておいて、ここぞとばかりタイトルにしてみたり。

平岡 連作タイトルにはその連作の読みかたのヒントや答えが書かれている、と信じてる読者はけっこういると思うんですが、そういう読者のはしごを外すようなつけかただね……（笑）。

我妻 いや、ヒントや答えはけっこう隠されてるはずだと思うよ。でも作者も答えを知ってちゃつまらないというか、読者と一緒に宝探しをしたいですからね。たとえば五年前のフレーズのストックがあって、それを今年つくった歌の連作タイトルにしますよね。なんらかの意味でしっくりきたときは、五年前の自分が今年の自分に宝のようなものを手渡したんだと思う。それが何かは作者自身にもわからないけど。

平岡 なるほど。作品をつくるのと同じ無意識をはたらかせてタイトルをつけてるということですよね。それはわたしもそうかも。でも、タイトルをつけるときは別のモードになる人が多いのか

我妻　な、という気もする。連作に対する保護者や責任者みたいな立場でタイトルをつけるというか。なんかもったいないと思うんですよね。短歌連作のタイトルっていうものの自由さ、ポテンシャルを生かしてる人ってすごく少なく感じるので。おっしゃる通り責任感とかコントロール欲が前に出すぎたり、逆に妙に素っ気ないなと思う場合もある。もっとたくさんの「短くてぐっとくる文字列」を連作のタイトルとしてみてみたい。平岡さんと並んでタイトルのセンスが素晴らしいと思う歌人は堂園昌彦さん。

花と灰混ぜて三和土《たたき》にぶち撒けて夏に繋がる道を隠せり
花群《はなむら》を一人で探す喜びがあなたを名指しする歩道橋
堂園昌彦

こうした歌が収録されてる歌集『やがて秋茄子へと到る』なんですが、各連作のタイトルもすごくいいんです。「本は本から生まれる」「すべての信号を花束と間違える」「音楽には絶賛しかない」「恐怖と音韻の世界」……等々。

平岡　『やがて秋茄子へと到る』いいタイトルしかつけないぞ、という意思を感じる目次ですよね。この歌集は連作とタイトルの関係にもわりとバリエーションがあって、歌集名と同じ「やがて秋茄子へと到る」という連作には、「秋茄子」が含まれた歌があって、「本は本から生まれる」は連作中の歌の一部、「すべての〜」や「音楽には〜」は表題歌的な作品はないのかな。

我妻　あの目次はひとつの発明だと思います。歌集の目次を、さまざまな長さの異様にかっこいい文字列が並ぶ場所としてリノベーションしてしまった。目次の見開きだけずっと眺めてても飽きない。短歌連作のタイトルが秘めたポテンシャルを知ったのは堂園さんの歌集からで、私自身のタイトル付けの考えかたにも大きな影響を受けました。なんか、中身さえよければタイトルなんてどうでもいい、ということはないと思うんだよね。タイトルの一声で景色がまるで変わってしまう場合は確実にあるし。

平岡　リノベーション！（笑）。でも、たしかに「さまざまな長さの異様にかっこいい文字列が並ぶ場所」ってこの世のどこにもなかなかないような気がしますね。定型詩だとやっぱり作品は「さまざまな長さの」というわけにはいかないし。

我妻　短歌って連作になるとはじめてタイトルを手に入れるんですよね。それまでは作者名がタイトルの役目を兼ねてたり、あるいは歌そのものがタイトルを兼ねてる。だからタイトルについて考えることは連作とは何かについて考えることだと思う。歌人のわりと多くがタイトルの扱いを苦手にしてるようにみえるのは、やっぱり連作という単位をどこかもてあましてるせいじゃないかな。

平岡　それはそうだと思います。連作って実際わりと謎の概念ではあって、「連作はタイトルのためにある」くらいに考えないと「連作」が腑に落ちないタイプの人がタイトルにこだわるものなのかもしれない、という気もする。永井祐さんの第二歌集『広い世界と2や8や7』の目次なんかは、「かっこいいタイトルはつけないぞ」という意思のほうを感じない？　こういうほうがむしろ連作と自然体で付き合っていると言えるのかも。

我妻 永井さんのタイトルのつけかたは、堂園さんや平岡さんとは違う側からのすごいこだわりを感じますね。ごくみじかい、単語だけのタイトルでも歌と同じ文体の気配が濃厚で、自分の歌を生かす額縁としてたどり着いたゆるぎない結論という感じがする。

平岡 「いろいろな7首」「それぞれの20首」「12首のリズム」「7首ある」「12首もある」、歌数のことしか言ってないタイトルがとくに尖ってる。この本、歌集タイトルにも数字が入っていて、ひいては「短歌は数字でできている」という意識がおそらくあることがなんだかレントゲンのように伝わってくる。これはこれで美意識を感じます。

我妻 その場合の「数字」がけっして五七五七七や三十一じゃないところも、数字は象徴じゃないんだっていう永井さんらしい凄みがある。

平岡 話を戻すと、歌人のつけるタイトルは作品の内容に従順すぎることが多いんだと思う。間接的に短歌に縛られようとしてしまってる。わたしにもそういうところあるんだけど、短歌はぜんぶ定型に縛ってもらって書いてるわけだから、定型で書く必要のないタイトルの自由さにちょっと怯えてしまう。でも、そこは心をつよく持って、定型がないことを逆手にとったほうがいいんだと思う。うまくいくと、タイトルをつけるのは解放感があってすごくおもしろいはず。

推敲のしかた

我妻　歌の推敲って、一首だけより連作の中でのほうがしやすいってことないですか？

平岡　しやすいの？

我妻　しやすいは言い過ぎかもしれないけど、推敲って必ずしも答えがひとつじゃなく、いろんな可能性があるでしょう。でも連作にぶち込んでから推敲すると方針が定めやすいというのはあります。あと、同じ時期につくった歌って語彙や構文がかぶりやすいので、どのみち連作の中で直して、かたちを散らさなきゃならないというのもある。

平岡　わたしは逆かもしれないです。推敲は基本的には答えがひとつだと信じることにしてる。最適解にいちばん近づけるようにいろいろ試していくので、一首単位のほうが推敲はしやすい。連作に入れたあとでその連作のなかでの必要に迫られて語彙や歌の構造を変えることはもちろんあるんだけど、それをやるといつもなんだか「うまくいかなかったな」って思ってしまう。中には客観的にみればうまくいってる推敲もあると思うんだけど、連作の都合が作品の上に書かれていることが作者の自分には見えてしまうから、それがノイズになるんですよね。

我妻　連作にする以上、どうしても連作側の都合につきあう場面はありますよね。一首としての完成度や最適解を追求していくと連作という発表形態自体が不純に思えることはないですか？

平岡　さっき「推敲は答えがひとつ」って言ったけど、同時にこれは危険な考えかただとも思っていて、「究極の一首」というのはすべて同じかたちをしているような気がする。連作はすべての歌が「究極の一首」になることを適度に阻害してくれる機構のようには感じてます。でも、その阻害が効きすぎると、不純に思えることもある。わたしは連作性のある連作をつくるのがかなり下手なんですよね。散文的なつながりを意識して歌を並べたり、説明的な歌をつくったりするとどんどん作品が死んでいく気がする。

我妻 一首一首がそれぞれ自分の役割をわかってるという顔をした連作、ありますよね。私もそういう作品はつくれない。そういう連作がちゃんとつくれる人はちゃんとした人、大人の作者だなと思うけど。では、「究極の一首」をめざして歌のかたちが似通ってしまうのを防ぐ推敲のしかたって、連作に並べるという以外に何かありますかね。

平岡 「究極の一首」は普遍的なものだから、普遍性のない要素を入れることなんじゃないかなあ。賞味期限のみじかい素材をあえて使うとか。

我妻 なるほど、歌に普遍性への挫折を後から埋め込んじゃうわけですね。似たようなことかもしれないけど、つくり手ごとに好みの題材とか、歌作が捗る語彙ってあるじゃないですか。たとえば私は「線路」っていう言葉が好きで、ちょっと油断すると手元が「線路」の歌だらけになってしまう。それだと連作が組みにくいという問題もあるし、扱いやすい語彙に頼ることで歌のつくりかたが安易になる、緊張感が薄れるというのも感じるわけです。そういうときはいったん「線路」でどんどん歌をつくってしまって、いくつかこれは動かせないというのだけ残してあとは全然別の言葉に置きかえたりする。

平岡　あの、話の腰を折っちゃうんだけど、どうして「線路」が好きなの？　線路自体が好き？　それとも言葉としてなにかいいなと感じるの？

我妻　なんか無意識に使っちゃうんですよね。線路そのものも好きだけど、それだけで歌に使うということは私はないので、線路という言葉と線路そのもの、両方にまたがる何かに惹かれてるんだと思う。

平岡　「両方にまたがる何か」に我妻さんの歌の秘密がなにかありそうな気がする……言うほど線路の歌が多い印象がないんですよね。「バス」とかのほうが多くない？

我妻　バスはなぜかあまり気にならない。「線路」は実態以上にたくさん使ってる気がしてて、自己規制が掛かってるのかも。

平岡　なるほどね。それで、いったんつくったあとに単語を差し替えちゃうのはおもしろいやりかたですね。「扱いやすい語彙に頼ることで歌のつくりかたが安易になる、緊張感が薄れる」というのは、「線路」単独の責任じゃなくて、「線路」のせいで歌全体に起きてしまったこと、という感じがするけれど、言葉を置き換えただけで緊張感が蘇ってくるもの？

我妻　まあ、一線を超えてだらしなくなってる歌は推敲の対象外なので、その手前で踏みとどまってる歌の話ですね。ちょっとダレはじめてるかな、くらいのところにいる歌は、一語を取り換えるだけで別人のようになることがあるので。

平岡　わたしは、うまく完成しない歌の推敲はまず細かいところを触ってみて、助詞を変えたり、ちょっとした言い回しを変えたり、歌の上下を入れ替えたりみたいなことでどうにか決まらないかを試してみて、それでどうしようもなかったら大がかりな外科手術みたいなやつをする。まずはとにかく「歌のなかでいちばん自分が言いたい部分」「こだわってる部分」を消してみるかも。たいていそこがいちばんいらない部分なんですよね。あとはほかの歌の一部をくっつけてみたりとか。たとえば上句だけが決まってる場合に、既存の名歌の下句を試着みたいに仮にくっつけてみたりすると、自分のその上句に必要な下句のかたちがわかってきたりすることもあります。内容の機微ではなく、歌はとにかくかたちが大事だと思う。

我妻　自分が強くこだわってた部分のほうを消したり、他人の歌の一部をくっつけてみるというのはおもしろいね。でもその感覚はなんとなく身に覚えがある。さっきの「線路」の話で言うと、たとえば「線路」を「道路」とか「レール」みたいな言葉に置き換えてるうちは歌が同じ場所にとどまってるんですよね。そこを思い切って、たとえば「へちま」とか「貧富」とか線路と何の関係もない、自分の歌の語彙でもないような言葉に入れ替えてみると、一首の中でエネルギーの流れが変わって急に思いがけない方向に動き出すことがある。歌に最初の一歩を踏み出させるのに必要な語彙と、最終的にどこかいい場所に連れていってくれる語彙が違うことはまあると思います。これは旅なんだと思って、電車やバスを乗り換えるみたいに推敲したらいいんじゃないかと思う。

意識的即詠と結果的即詠

平岡 推敲にあたって、いくつかの選択肢のなかから迷った場合はどうしたらいいと思いますか？「ここの助詞は『は』と『が』のどっちだろう」とか、「ここの名詞は『赤鬼』と『青鬼』どっちがいいんだろう」とかでぜんぜんわからなくなることもありますよね。

我妻 たぶん、そういう歌は発表を急がずにひとまずストックしておくと思う。しかるべきときがきたら、おのずとどっちかに落ち着くんじゃないかと期待して。でもAかBかどうしても決めきらない、どちらも同じくらいアリに思えるときは、両方不正解の場合も多いんじゃないかな。

平岡 急がず置いておくの大事ですよね。最近わたし、迷った歌の推敲の経緯を保存しておくようになりました。ちょっとずつバージョンが違うやつが何十通りも並んだファイルがある。前は、そういうのが自分の死後に公開されたら嫌だから、推敲するはしから消すようにしてたんだけど、推敲に煮詰まってると最適なかたちを通りすぎてしまうことがあるんです。二十回推敲したなかの、ほんとは十四番目がいちばんいいかたちだったのに、気づかずに直し過ぎて二十番目を発表してしまう、みたいなことが。推敲の過程を保存しとくと、しばらく時間が経ってから「これの正解は十四番目だった」ってことがわかったりする。

我妻 すごいな……。いまの話聞いたら私のやってる推敲なんて推敲のうちに入らないですよ。実質

平岡　ぜんぶ即詠みたいなものかもしれない。昔はそれでも、理想のかたちに近づけようと粘る歌もあったけど、最近は粘って直すよりゼロから新しい歌をつくったほうが早いと思っちゃう。

我妻　いや、ぜんぶの歌を二十回推敲してるわけじゃないよ。新しい歌をつくったほうが早いのはそれはそうなんだけど、一首の歌に足を取られちゃうことがときどきあって。そういうのって粘ってもどのみちいい歌にならないものなのになんか手放せないんですよね。そうなると推敲が順列組み合わせみたいな様相になってくる。

平岡　どう考えても正解が複数ある、みたいなことってないですか？　双子っていうか、並行宇宙みたいなよく似た歌ができちゃって、それぞれに完成してるように思えるけど、別の歌として発表するには語彙やモチーフがかぶりすぎちゃってる、みたいな。私はまれにあって、その場合連作の中でうまく両方生かせないかなと思いつつ、そのまま発表しそびれてるケースが多いです。

我妻　ある、ある。でも、わたしは双子には「おまえたちはほんとうはひとりの人間なんだよ」って言い聞かせて無理やり片方選んじゃう。両方生かすやりかたもなにかありそうですけどね。

平岡　あと、ひとつの歌が二つに分裂しちゃうことがたまにある。上句と下句それぞれ主張が強すぎてぶつかり合っちゃって、分かれてほかの相手とくっつき直すみたいな。

我妻　ありますね。それはたぶんだけどみんなに起こる「歌つくっているときあるある」なんじゃないかなあ。「題詠の題が消える」とかも言いますよね。題ありきで歌をつくっているはずなのに、試行錯誤しているうちにその題を含まないかたちで歌が完成してしまうという。

我妻　推敲を重ねた結果「題詠の題が消える」ようなつくりかたとある意味真逆なのが、即詠かなと思うんですよね。お題があってもいいし、たまたま目に飛び込んできたものや頭をよぎった言葉でもいいけど、歌をまず任意の点に釘付けにしたうえで、即興的に最後まで仕上げちゃうようなつくりかたですね。

平岡　我妻さん、即詠得意？

我妻　本物の即詠ってあまりしたことないけど、数少ない経験上いい歌ができる率はいつもよりだいぶ高かったんですよね。ただ、即詠の歌ってふだん以上に手癖がベースになってる感じはした。過度に集中することで解像度の上がった手癖、研ぎ澄まされた手癖を使い倒すみたいな感覚。だからあれはたまにやるとおもしろいけど、たまにしかできないなと思う。

平岡　研ぎ澄まされた手癖！　なるほど。わたしは「手癖がばれるのはやばい」っていう警戒心がどうしても先立っちゃうんですよね。実際には読者にはぜんぜんばれてるんだと思うんだけど、手癖がばれやすい状況に陥ると「どうにか攪乱しなければならない」という気持ちが湧いてきてしまう。わたしは即詠が苦手なんだけど、「手癖」をブロックしようとしているせいなのかもしれない。ウイルス対策ソフトが仕事をしすぎて動作が著しく遅くなったパソコンみたいになる。そうか、手癖を味方につければいいのか。

我妻　手癖はつねに陰で仕事をしてるわけだけど、即詠のときは手癖が主役に躍り出る感じだね。ただ即詠が苦手と言っても、意識的に即詠しようと思わなくても一首がほんの数分でできてしまって、そのまま全然直さず発表することってないですか？　そういうのと即詠って何が違うんだろう。

平岡　ありますね。ときどきあるけど、自分の歌でよくおぼえてるのは、

心臓と心のあいだにいるはつかねずみがおもしろいほどすぐに死ぬ　**平岡直子**

この歌は一瞬でつくった。一瞬でできると不安になるんですよね。お化粧するときとかもそうなんだけど、単純に「手数が多いほうが仕上がりがいいはずだ」ってどこかで思ってるから、塗り重ねたくなっちゃう。だからこの歌なんかも「そんなはずないだろう」と思って、塗り重ねる余地をさがしてしばらく寝かせてました。結局最初のかたちのままで完成している気がしたからそのまま発表したんだけど。即詠しようと思ってたわけじゃないけど一瞬でできちゃったような歌もまとめて「即詠」と呼ぶんじゃない？　気持ちとしてはちょっと違う気もするけど。意識的即詠と結果的即詠……。

我妻　その歌が一瞬でできたってすごい話だけど、納得するところもあります。時間かけてつくったら推敲で失われてしまうような歪みが、全体にいきわたって一首になってるような奇跡的な歌かもしれない。「意識的即詠」は手癖を編集する感じだけど、「結果的即詠」はそうじゃないような気がしますね。無意識の中で勝手に短歌になってた言葉のカタマリを定型で掘り出すイ

メージ。それは短歌をたくさんつくってるときに起こる現象だと思うけど、「意識的即詠」をしてるときには「結果的即詠」も起こりやすい気がする。

平岡　その説明はわかります。「即詠をやろう」と意識しているときはなにか空気中から刺激を受け取って、それに反応するようなかたちで歌をつくるけど、結果的に即詠になるやつは、自分のなかに埋まっていた短歌をうまく掘り出せた、みたいな感じなんだと思う。たぶんわたしたちのなかにはあらかじめ短歌がいっぱい埋まってはいるんだけど、掘る過程で折れちゃったりするんですよね、長芋を掘るみたいに……。

我妻　折れる折れる。半分くらいしか掘り出せなかったやつを、想像で修復して一首にしたりする。

平岡　するよね。というか、そっちのほうが歌人に必要なスキルなんだという気はする。長芋を折らないまますらっと掘りだす力よりは、半分になっちゃった芋を想像で修復する復元力のほうが。でもときどきうまく掘り出せると嬉しいですよね。

詩的飛躍について

平岡　論理的、散文的にはつながりえない言葉の組み合わせを「詩的飛躍」といったりしますよね。俳句には「二物衝撃」という用語もある。我妻さんは言葉の飛躍がわりと大きい作風だと思うんだけど、歌をつくるときに言葉と言葉の距離はどんなふうに意識していますか？

我妻　言葉の飛躍とか、取り合わせの意外性そのものを狙ったつくりかたって案外してないな。そういうのってすぐ飽きるし、言葉どうしのつながりに必然性がない場合、定型が外側からむりやり両者を囲い込むからよくない負荷がかかって、定型が消耗しちゃう。なのでいっけん意外な組み合わせにみえても、何か隠された暗い関係があるとか、かすかな通信が感知できるとか、そういうところに無意識が刺激されるのが「詩的飛躍」系の歌のあるべき状態かなと思う。世界の底に埋もれた何かを思い出すためにコラージュしてみる、文脈をずらしてみるという感覚ですね。

平岡　詩的飛躍がうまくいっている歌を読むと、「そうだったのか！」って思うもんね。「この言葉とこの言葉にはこういう関係があったのか。いままで意識したことはなかったけど、たしかにそうだ、わたしも心のどこかでは知っていた気がする」みたいな。

我妻　平岡さんの歌も飛躍があって普通には意味が取りにくい歌が多いと思うけど、「二物衝撃」的な効果を狙ってることもあるんですか？

平岡　「この組み合わせで読み手をびっくりさせよう」みたいな意識はわたしもないです。「わからないけどなんかわかる」と思ってもらえるのが自分がボールを投げるべきゾーンだと思っているから、「隠された暗い関係」「かすかな通信」にアンテナを立ててるような気持ちでつくるのはよくわかる。でも、それって狙って置きにいけるものでもなくて、どうしても手探りの作業になるから、途中途中で実験として「いったんとにかくめちゃくちゃ意外な言葉を置いてみよう」という試行錯誤をすることはある。

我妻　うん、試行錯誤によって勘が鍛えられてだんだん打率が上がっていく、みたいなところがありますね。

平岡　試行錯誤の具体的なコツってなにかあると思う？　わたしが思うのは、音を重視して歌をつくることと、好きな既存の「詩的飛躍」の仕組みを考えて真似してみること。

我妻　音を意識するのは大事ですよね。言葉どうしってけっこう意味より音で会話してるから、かれらの秘密の交友関係を捕捉するには、音に注目して音で言葉を串刺しにしてみるのが効果的。たとえば韻を踏むっていうのはそういうことだと思う。ふだんわれわれに合わせて人間の言葉で会話してる言葉たちを人外の世界にかえしてやって、そっと聞き耳を立てるという感じ。でも既存の「詩的飛躍」を真似するほうは、真似しようにもその仕組みを見抜くのが大変なんじゃない？

平岡　あ、ほんとうの仕組みというか、詩の真実みたいなものを見抜いたりはしなくていいんですよ。そのときどきに使いやすい言葉の関係を、いわば都合よく取り出せたらいい。

生きてるうちに遺言は何度もかなうアイコン全部スヌーピーになる　雪舟えま

この歌は「遺言」と「スヌーピー」が一首のなかにあるのがすごくおもしろい。この二つの言葉は、対比的でもあるし、共通するイメージもある。言葉の関係についてさまざまな説明ができると思うし、どんな説明をしても歌自体は説明しきれない気がするけど、そのさまざまな説明のなかのどれかひとつだけでも真似できれば、自分の手元にある言葉をあたらしい角度からみるヒントになるでしょう？　「老人用のもの」と「子供用のもの」の対比だなとか。

我妻　なるほど。それぞれの言葉を、連想する別の言葉に置きかえてみるだけでもいけそうですね。「遺言」→「遺産」、「スヌーピー」→「ミッキーマウス」とか。それで「遺産」と「ミッキーマウス」の間を線でつなぐように歌をつくってみたり。

平岡　そうそう。「遺産」と「ミッキーマウス」の二物は知的財産法の匂いがしてきておもしろいね。「詩的飛躍」って個々人の言葉に対する倫理があらわれるところだから、ほんとうの意味での真似はなかなかできないんだと思うんだけど、逆にヒントは取り放題だと思う。

我妻　他の人の歌の「飛躍」を真似ようとして真似し損ねることも、あらたな「飛躍」の要因になりそう。そこで自分の無意識もあぶり出されそうだし。

「私」を複数化させる

平岡　反面、「詩的飛躍」って風当たりがつよいというか、どこか信頼できない、うさんくさい、みたいな目を向けられがちな技法でもあると思うんですよね。意外性を重視するならＡＩがランダムに言葉を組み合わせるのがいちばんおもしろくなってしまうのではないか、という批判もむかしから根強い。そのあたりってどう思う？

我妻　「詩的飛躍」っていう言葉がね、より遠くに飛ばした方が価値がある、みたいにみえるわけだよね。でも言葉の世界での「距離」って地図上の二点間の距離を測るようなものではなくて、たとえば短歌だったら短歌を一首つくることの中にも「地図を書く」作業自体が含まれてると思うんです。つまり詩歌って、作品の中で言葉の定義をし直すいとなみだと思うんだけど、そこでは日常生活とは言葉の距離感が変わってくる。日常では遠いものどうしが歌の中では親しげだったり、逆にいつも一緒にいるコンビが歌の中では赤の他人のようにふるまったりする。失敗した「詩的飛躍」系の歌にはそういう変化がないですよね。歌を日常の感覚ベースで読むことを強いてきて、びっくりしろと求めてくる。

平岡　あー、そう、べつに飛距離を競ってるわけじゃないのよ、って思いますよね。ゴルフじゃないんだから。「飛躍」って言葉がよくないのかなあ。

我妻　質より量というか。遠くに飛ばしたほうがすごいんだぜ、と競い合ってるイメージを与えがちかも。

平岡　考えたら「二物衝撃」という言葉は「飛躍」とは真逆でおもしろいね。手元で衝突している感じだから、距離はゼロ。

我妻　ぶつかってはじけ飛ぶイメージなんじゃない？　少なくとも「詩的飛躍」的な意味で短歌に流用されるときは。

平岡　はじけ飛ぶイメージ（笑）、なるほど、それで衝撃が大きいほど遠くに飛ぶのか。でも、「二物衝撃」はやっぱり俳句の発想だな、という気もするんですよね。俳句では「一物仕立て」と「二物衝撃」が技法として対になっていて、ひとつの季語にじっくり向き合ってつくるのが一物仕立て、季語になにか意外なものを組み合わせるのが二物衝撃ということらしいんだけど、これが成り立つのは俳句には「私」がいないからだと思う。定型という空間でばちっと二つのものが衝突させられる。短歌は厳密には「二物とわたし」になっちゃうからな。

我妻 「二物とわたし」では要素が多すぎるよね。短歌の「二物衝撃」は二物のどちらかを私か、私の分身みたいなものにするっていうことなのかな。

平岡 二物をあやつる第三者なんじゃない？　人形劇の黒衣みたいな。

我妻 「私」が第三者として立ち会った光景が結果的にすべて「私」のことになるっていうやつか。

平岡 強欲……。

我妻 短歌の「私」は強欲ですよね、なんでも吸い込むブラックホールみたいな。その引力から逃れようという悪あがきのひとつが「二物衝撃」なのかもしれない。逃れられないんだけど。

平岡 それはほんとうにそうかも。え、じゃあさ、二物衝撃では逃れられないとして、ほかにブラックホールから逃れる方法はないのかな。逃れるべきなのかどうか、という話もあるけど、吸いこまれるばかりというのもね。

我妻 なんらかの意味で「私」を複数化させる、ということになるのかな。

平岡

われわれわれは（なんにんいるんだ）頭よく生きたいのだがふくらんじゃった　望月裕二郎

我妻　文字通りの「私の複数化」だけど、こんな感じとか。望月さんの歌は、身体の部位に関係する慣用句をいじったりずらしたりすることで話者と言葉の関係をとらえなおすような歌が多くて、この歌も「頭でっかち」という慣用句をなにか変形させているんだと思うけど、同時に短歌の一人称性への諷刺も感じます。

平岡　そうですね。この歌ほど文字通りじゃなくても、歌のシンタックスにねじれがあったり視点がぶれることで「私」の気配が増える、複数化することがあって、そういうときブラックホールの引力は分散させられるような気がする。

文京区というだけあって大学が多いんだなとだれかが思う　左沢森

我妻　ねじれや視点のぶれを意識的にいれこんだ歌は増えているような気がします。みんなブラックホールと戦ってるのかな。この歌とかは、結句で急に三人称になるのがおもしろいよね。そういえば最近増えてますね。第2部で取り上げた相田奈緒さんにもその気配があるけど、ごく穏当な一人称の歌にみせかけて視点がぐらっと揺らぐ感じ。この左沢さんの歌の印象は、小説でいう移人称に近いですね。一人称と三人称の視点を往復するような書きかたのことだけど、短歌の場合、人称が明示されてないときは一人称、「私」のこととして受け取る慣習があるわけです。だから「私」のことだと思って読んでいくと、結句に至って覆される。だけどそもそも一人称なんてどこにも書かれてなかったわけだから、最初から三人称視点でしたけど？　みたいな顔を歌がしてるところもいいですね。

平岡　この歌は「だれかが」というのがポイントなんですよね。短歌は完全に三人称をやるのはたぶんかなりむずかしくて、〈文京区というだけあって大学が多いんだなと本田が思う〉とかだと、本田ってだれだよ、というのが大問題になっちゃう。「だれかが思う」は、「だれか」が「私」である可能性を濃く含んでるからすっと読めるような。

我妻　あー、ほんとだ。

鳩尾に電話をのせて待っている水なのかふねなのかおまえは　　**兵庫ユカ**

たとえばこの歌の「おまえ」は話者自身のことを指しているようにみえると思うんですよ。それは短歌があらゆる人称に一人称の可能性を読ませようとする、そういう磁場があるからだと思うけど、左沢さんの歌の「だれか」も自分自身のことをそう言ってるんだ、と短歌は読ませにかかってくるわけですね。その力を利用しつついなしているような歌なのかな。

平岡　兵庫さんのその歌は自問自答っぽいですよね。ゆらゆら電話を待ってるうちに自分の輪郭が溶けてよくわからなくなってしまって、それを取り戻すために自問自答している感じ。左沢さんの歌の「だれか」は、それと同じように遠まわしな「わたし」のことのようにも思えるし、あるいは集合的無意識のような話なのかも。他人と脳がつながっている、みたいな。

我妻 集合的無意識？

平岡 短歌を読んだりつくったりすることは、他人と脳を共有するような面があると思うのね。「だれかが思ったこと」と「自分が思ったこと」をあえてごちゃ混ぜにしていくような。それって短歌の秘密なんだけど、そんな短歌の秘密をちょっと暴いてしまうようなおもしろさもこの歌にはあるかもしれない。

歌を三分割にする

我妻 短歌には上句と下句があります。そのせいで短歌は「二」という単位と相性がいい。よすぎるくらいじゃないかと思います。第1部で話したような上句・下句にそれぞれ心情と風景描写を割り振って「合わせ鏡」的に関係をつくりだすのも、定型のそういう生理を利用したやりかたですね。短歌はあらかじめ二つに割れてるんだけど、その二つのパートは強力に互いを引き寄せ合っている。だからそういうつくりにしようと意識しなくても、内容的にもいつの間にか二部構成になっていることが多いと思う。

平岡　そうですね。上句と下句で二部構成だし、下句の「七・七」は同じパーツが二つだから、二部構成の入れ子構造みたいになってる。

我妻　そういう性質を生かした歌づくりとは別に、短歌が「二」になろうとする力をいなしてやるというか、そこからずらしていくようなつくりかたもあります。わかりやすいのは歌を三分割にするやりかたですね。

真夜中のバドミントンが　月が暗いせいではないね　つづかないのは　宇都宮敦

美しい田舎　どんどんブスになる私　墓石屋の望遠鏡　北山あさひ

こういう歌。必ずしも同じかたちになるわけではないけど、この二首に関しては二つある字空けがどっちも上下句の切れ目とずれてる。北山さんの歌にいたっては字空けと句の切れ目の合致したところがひとつもないですね。どちらの歌も短歌本来の「二」っぽさが「三」で鮮烈に上書きされてると思います。

平岡　おもしろいね。合わせ鏡にもう一枚鏡が足されて言葉がどこか乱反射するような印象がありますね。同じ作者の、字空けと句の切れ目が一致している「三分割の歌」も挙げてみるね。

離婚してほしいと言ったことがある　ヒヤシンス　咲きたくなっちゃった　北山あさひ

三月のつめたい光　つめたいね　牛乳パックにストローをさす　宇都宮敦

このかたちだと、真ん中のパーツ「ヒヤシンス」「つめたいね」がそれぞれ遠くからぱっと差し込まれる印象がつよくなるかなあ。

我妻　上句か下句、どちらかだけが割れているタイプの三分割ですね。個人的にはそういうタイプの歌は二・五分割くらいに感じてるかもしれない。算数的には完全に間違ったとらえかただと思うけど（笑）。

平岡　二・五分割、言いたいことはよくわかるけど算数的にはぜったいまちがってるね。でもわたしも算数はだめで、どう間違ってるのかの説明もできないから放っとこう。

いづくより生れ降る雪運河ゆきわれらに薄きたましひの鞘　山中智恵子

我妻　三分割の歌の元祖はこういう歌かなあ。一字空けはないけど、「運河ゆき」が一瞬脱線している感じがする。

我妻　ちょっと合いの手みたいだよね。歌の真ん中に、横からひと声挿まれた感じ。平岡さんにも三分割の歌があるけど、シンメトリックなつくりのものが多い印象があります。

金色の星　やり方がわからないまま口を開け　銀色の星
（東京タワーを見える範囲）今誓う（東京タワーから見える範囲）　平岡直子

こういう歌。歌を三分割にする効果についてはどう思いますか？

平岡　ああ、まず自分の歌の話をすると、わたしはリフレインがすごく好きなんです。同じ言葉や、似たような響きの言葉のくりかえしが。だから、わたし自身は短歌の「二つ」性とすごく相性がいいというか、「二」に対して従順な資質だと思うんですよね。いま挙げてもらった二首なんかは、自分ではリフレインの歌だと思う。同じパーツを二つくりかえすときに、ひとつめとふたつめのあいだのすき間をすごく拡大して覗きこむ、みたいなタイプの歌なんじゃないかと。

我妻　たしかに、分身みたいな二つの言葉があって、その真ん中に鏡が置かれてるようなかたちにみえるね。

平岡　自分のそういう歌も含めて、三分割の歌は、上から下に一方向に時間が流れる、という前提がこわされる感じがして、そこがおもしろいと思う。

我妻　それは例に挙げた宇都宮敦さんの歌がわかりやすいですね。

真夜中のバドミントンが（A）月が暗いせいではないね（B）つづかないのは（C）

このABCという構成のうち、BとCが倒置の関係になってる。韻律の力を借りて、散文ではありえない感じのアクロバティックな倒置が実現しています。私は短歌の二部構成って、上下句でかたちが違うことも含めて〈行って帰ってくる〉形式だと思ってるんですよ。つまり、物語の典型的なかたちですね。鬼ヶ島に鬼退治に行って、財宝を奪って帰ってくるみたいな。行きと帰りでは様子が違うことも込みで、そういうひとつの物語を定型そのものが語ってるところがある。歌を三分割にするとそうした定型の物語とは異質な形式が重ねられて、歌の時間が攪乱されるんでしょうね。

平岡　〈行って帰ってくる〉形式、なるほど。歌の内容とはべつに、定型自体が物語性を帯びているということですよね。二分割の歌の場合は、その物語性に沿って歌の内容を組み立てるのが定型の使いかたとして効果的だということでもあるのかな。

我妻　効果的というか、順風を受ける感じになるんじゃないですかね。たとえば悲しいメロディーに悲しい歌詞をつけたり、明るいメロディーに前向きな歌詞をつけるみたいな、素直な歌になる気がする。でも意識的にそうしなくても、悲しいメロディーを聞いたらわれわれは大抵悲しい歌詞をつけてしまうでしょう？　だからどっちかというと悲しいメロディーの中にかすかに混じってる喜び、みたいなものを積極的に聞き取ったほうがいいと思う。〈行って帰ってくる〉形式の中にも、〈行ったきり帰ってこない〉とか〈行って帰って、また行く〉みたいなべつの動きの可能性は含まれてるはずなんですよね。定型の生理をはなから無視するとだいたいうまくいかないけど、可能性を拡大解釈することはできるし、したほうがいいと思います。

折り返さず突き抜けてしまう歌

平岡　**行ったきり帰ってこない猫たちのためにしずかに宗教をする**　**山中千瀬**

「行ったきり帰ってこない」という話で、行ったきり帰ってこない歌を思い出しました。これ、ちょっと不思議な印象の歌で、破綻があるわけじゃないのになにかがはみ出している。宗教をする主体はたぶん歌のなかにずっといたはずなんだけど、下句で変な角度からとつぜんフレームインしてくるような感じがあって。

我妻　三分割じゃないけど、その「なにかがはみ出している」ところで〈行って帰ってくる〉形式がくずれて「三」っぽくなってる歌なのかもしれない。

平岡　歌が二回折り返している感じがするんですよね。「行ったきり帰ってこない」のなかの折り返しと、上句と下句のあいだの折り返しと。

永劫回帰のなかで何度も死ぬ犬が何度もはちみつを好きになる　**山中千瀬**

この歌も同じような感じかなあ。上の句のなかに無限の折り返しがあって、それとはべつに一首としては上下のあいだで折り返す作りになってる。山中さんの歌は「Q」の字みたい。円環構造からちょろっと出てる場所がある。

我妻 一首の大きな折り返しの中に、さらに無数の折り返しを見出すことで〈行って帰ってくる〉ことの意味を変えてしまってるような歌だよね。逆に、増やすんじゃなくて減らすというやりかたもあると思います。「二」を「三」にするんじゃなくて「一」にする、折り返さずそのまま直進して突き抜けてしまうような歌。

平岡 突き抜けてしまうような歌か。

海に来てわれは驚くなぜかくも大量の水ここに在るのかと　奥村晃作

たとえばこういう感じ？

我妻 まさにそうですね。奥村さんの歌は野球で言うところの「打者の手元でのびる球」みたいだなと思ってるんだけど、定型が着地を促してるよっていうところを空気を読まずそのまま突っ切っていく。ここで折り返して、結句に向けて収束していくのかなというこっちの予想を完全に裏切る動きをするので、読むと思わずのけぞってしまうし、脳がガーッと覚醒させられる感じがします。

平岡　「打者の手元でのびる球」ってどういう球のこと？

我妻　野球の実況中継なんかでよく聞く表現なんだけど。ピッチャーの投げた球が、バッターの手元まで来てもあまり球速が落ちない場合をそう言うみたいです。じっさいにのびるわけじゃなくて、バッターが経験的に予想してる球速の落ちかたとか、軌道の曲線とかを上回ったボールがくるとのびたように錯覚するわけですね。

平岡　なるほど、減速がないということね。奥村さんの歌は「この一首はあとすこしで終わりますよ～」みたいな予告をはさんでこない、ということかな。「偶然短歌bot」って知ってますか？　日本語版Wikipediaの文章のなかから偶然五七五七七になっている部分を抽出してつぶやくbotなんだけど、すごくおもしろくて、奥村さんの歌のおもしろさに近いかもしれない。偶然短歌botの歌は、自動生成みたいなものだけど、言葉がべつに変なところで切れるわけじゃなくて、文法的には正しい切れ目で切れているの。なのになぜか「歌がぶつっと切れた」という印象になる。

我妻　土岐友浩さんの歌集『Bootleg』収録の「Sun shower」という連作が、街を歩いてみつけた看板などの文言から、ほぼ短歌定型になっている部分を集めて短歌として並べたものでした。他者の言葉の引用だけでできてる歌の元祖は斉藤斎藤さんだと思うけど、「偶然短歌bot」も含めたそういう歌を読むと、定型の「言葉を短歌化する力」みたいなものが空回りしてるのがみえておもしろい。かたちはたしかに短歌だけど、「中身は本当は短歌じゃない」ってこっちは知ってるから言葉と定型がすれ違ってるようにみえるんだよね。この空回りっぷりは、打者が「手元でのびる球」を空振りする感じに近いかも。

平岡　奥村さんの歌、たとえばこの歌は、仮にふつうに折り返して着地していたらどういう形になっていたのかな。

我妻　よくみると上句の時点ですでにちょっと様子がおかしいというか、なにか突破してきてる感じがしますよね。だから下句だけ変えても「ふつう」にはならないかなあ……。

平岡　上句を生かして、できるだけふつうの歌になるように改作してみました。

海に来てわれは驚くなぜかくも大量のゴミが落ちているのかと
海に来てわれは驚く目の前の海がまったく青くないこと

どう？

我妻　ああ、なんか元歌の異様さがほどよく解毒されてる（笑）。

平岡　つくってみて思ったのは、この上句からはじめると、ほとんど本能的に「ひねらなきゃ」「遠くに飛ばさなきゃ」と思うんだな、ということ（笑）。「驚く」がどうしてもお笑いでいう「フリ」っぽいので、上句までで読者が想定しなかったような意外性のあることを言わなければいけない気がする。

我妻　ちょっと大喜利っぽいんだよね。この上句に対するリアクションを求められていると感じてしまうんだけど、奥村さんの実際の下句はたぶんリアクションじゃないんだ。そういう発想がそもそもないんじゃないかと思う。リアクションという発想がない人のつくる歌の迫力ですね。

平岡 うん、一首の歌が「問いと答え」である、という前提がないからできることですよね。この歌は大喜利だとすると上句の「われは驚く」がそもそも回答に対するハードルを上げすぎなんですよね。「なぜかくも」で期待値をさらに釣り上げるという、だれも答えたくなくなる出題のかたちをしている。一首のなかに曲がり角をつくらず、むしろ見通しよく「大量の水」への驚きを伝えよう、という精神が結果的に異常なかたちの歌を生みだしているんだろうな。

自分の定型を育てる

我妻 短歌の定型が五七五七七だというのは、嘘とは言わないけど、方便みたいなものではあると思うんです。定型の感覚が体にセットされる前の初心者は原則、五七五七七を遵守したほうがいいし、その後もたびたび立ち返る指標にはなるけど、じっさいには定型ってひとりひとり微妙に違うものだから。人によって微妙に長かったり短かったり、切れてたり曲がってたり、角が丸いとか鋭角だとか、音数にはあらわれない癖のようなものがついてるんですよね。

平岡 音数にはあらわれない癖？　それは、「字余りをしがち」とか「二句切れを好む」というような話ではなくて、もっと目にみえない癖の話ですか？

我妻　そういうわかりやすい癖は他人の目にもみえるけど、本人にしかわからない癖も多いと思うんです。一文字余れば誰にでもみえるけど、〇・五文字分の字余りだったら作者にしかみえない。でもそのわずかな余りの感覚が歌をその人らしくしてる、みたいなことがあると思うんですね。

平岡　ああ、なんとなくわかってきた。

夢のきみとうつつのきみが愛しあふはつなつまひるわれは虹の輪　　**水原紫苑**

きみはきみばかりを愛しぼくはぼくばかりのおもいに逢う星の夜　　**村木道彦**

この二首って内容が似ていると思うんだけど、みくらべるときに、紫苑さんの歌は中身がみちみちに詰まってる印象がある。村木さんの歌はそれこそ夜空の星同士の遠さみたいにすかすかの虚無の空間。でも、別に音数に大きな違いがあるわけではなくて、どちらの歌も一ヶ所だけ字余りがあるだけなの。このみちみち感／すかすか感って、この一首だけじゃなくて、それぞれの作者の癖でもあるなーと思って。紫苑さんの短歌は全体的に収納名人がぴったり収納したクローゼットみたいな感じがするんですよね。

我妻　歌人の個性とか作家性みたいなものって、究極的には「定型はひとりひとり違う」ってところに帰着するのかなと思うんですよ。でも定型ってそれ自体はみえないものだから、五七五七七という数字がひとまずヒントとして万人に示されている。あとは個々の具体的な歌の集積のうちにうっすらと感知されるようなもので、たとえば歌集を一冊読んだときになんとなく「みちみち」してるとか「すかすか」してるとか、あるいは「くねくね」「ばたばた」してるとか。そのくらいでしか言えないんですよね。でも本人にとっては、歌をつくるときに手触りを感じるような具体的なものとしてある。歌をつくるのは、そういう自分だけの定型を育てるということだと思う。

平岡 うーん、なるほど。それは大事な話ですね。定型は目にみえないもので、具体的な言葉が乗せられることによって、その奥にある定型の存在が仄めかされるわけですよね。そのうえで、わたしは「定型に着せる言葉はひとりひとり違う」という意識はあったけど、定型自体は一定のものだ、となんとなく思いこんでいたかも。「定型はひとりひとり違う」とは考えたことなかった。でも、言われてみると、それぞれの作者固有の定型の「かたち」がある、というのはそうだと思いますね。

我妻 人間の身体って基本的な構成要素は同じでも、たとえば着られる服や似合う服はみんな違うじゃないですか。ひとりひとり体型が違うから。短歌も似たようなもので、五七五七七っていう基本要素は同じでも、人によって体型が違うみたいに微妙に違う定型を持ってるんだと思います。でも人体と違って定型そのものは透明だから、衣服を着替えるみたいにいろんな言葉を身につけてみて、試行錯誤でだんだん自分に合うものをつかんでいくしかない。透明人間の体型は、服を着るまで全体像がわからないからね。

平岡 初心者のころから知っている歌人の、文体が急に完成する瞬間を何回か目撃したことがあって。

ある瞬間に急に歌が変わるの。テーマとか語彙はそれまでとべつに変わらないんだけど、歌の細部まで神経が通るようになる感じ。そういうのも「自分の定型」と関係があるのかもしれないですね。

我妻　「自分の定型」の確立期だ。たぶんその時期にいる人って何を詠っても自分の歌になっちゃう、みたいなちょっとマジカルな感覚があるんじゃないかと思う。その感覚はいずれ薄れていくけど、いったん獲得した定型の感覚がふたたび大きく更新されることはあって、そうやって「自分の定型」を何度も再獲得することで歌を続けてこれたっていう実感はあります。ないですかそういうの？

平岡　「自分の定型」の確立期、発達段階理論みたいでおもしろい（笑）。わたしは自分の感覚としては定型との関係にはそれほど緩急がなくて、平坦な道をとぼとぼと歩いている感じなの。マジカルな時期もなければ、致命的なスランプもない、おもしろみのない道を。でも、「自分の定型」を何度も再獲得することで歌がつづけられている、という話は、理論上はよくわかります。

テーマ詠の難しさ

我妻　そうか、個人差のある話なんだね。たぶん「再獲得」の前後で客観的にみたら大した変化は起きてないと思うんだけど、たとえば視界が右に2°広がったという実感があれば、その2°を使ってこれからつくれる歌の可能性がばーっとみえてくるわけです。その可能性を取り込むことで短歌に対する考えかた、短歌観の全体も更新される。私は体質的に生まれながらの歌人というわけではないから、そうやって時々短歌というジャンルと契約し直す必要があるのかもしれない。そのつど「ここが自分の短歌だ」っていう線を引き直して、ひとまずいまの土地を掘り尽くすまではやります、みたいなことね。

平岡 ああ、我妻さんは契約更新している気配がありますね。歌を読んでいると、以前と違う契約条件で書いてるんだな、ってわかることがある。わたしは生まれながらの歌人だから、契約更新はしないんです。と言っても、ほんとは夢遊病みたいな感じで自分の手で契約更新をしているんだとは思うけど、自分の歌の変化は定型との付き合いかたの変化よりは題材の変化によって認識してる。

我妻 題材が変化することで、たとえば韻律も一緒に変わるみたいな実感はあるんですか?

平岡 どうかなあ。題材が変わると使う言葉のジャンルも変わるし、気持ちも変わるから、ずいぶんあとになって読み返すと、連動していろんなことが変わっているのがわかるんだけど、その場その場の実感はないかもしれない。「字余りや大胆な破調はむかしのほうがやりがちだったなあ」とかはあります。

我妻 歌をつくるにあたって何を意識的にコントロールして、何を無意識にまかせるかというのはほんと人それぞれなんでしょうね。私はどっちかというと題材に関して無意識まかせだと思う。題詠は好きだしわりとよくやるけど、テーマ詠が苦手。たとえば「戦争」という具体的な言葉というか文字を詠み込んで歌をつくるのはいいけど、「戦争の悲惨さ」というテーマで歌をつくれと言われると途方に暮れてしまう。テーマを立てると、歌がテーマに乗っ取られるように感じちゃうんだよね。

平岡 うーん、たとえば短歌の雑誌や同人誌なんかに作品を載せる場面を想定すると、実際には「戦争の悲惨さをテーマに」という依頼はたぶんあまり来ないんですよね。来るとしたら普通に「戦争をテーマに」だと思う。でも、行間みたいなとこに「戦争（の悲惨さ）を」って書いてあるのをつい読み取ってしまう。と、いうところからもう「乗っ取られる」がはじまってる感じかな。

我妻 それはあります。「戦争をテーマに」と言われたら「戦争」の題詠なんだとは思えないし、たとえ単なる題詠のつもりでつくっても、特集全体の文脈が絶対そうは読ませないからね。行間に歌が乗っ取られてしまう。

平岡 ああ、それはテーマ詠の難しさというよりはなにかの「特集」に参加するということの難しさだけど、その二つはすごく似てることですよね。どこかに掲載される予定がとくにない作品だとしても、テーマ詠だというだけで架空の「特集」に参加するようなものだもんね。自分自身のつくりかたを考えても、テーマの磁場がつよい特集に寄稿するときには、自分個人のそのテーマとの向き合いかたとはべつに、場に行間を乗っ取られることも計算に入れながら作品をつくっている気がする。

我妻 とにかく歌で行間の攻防みたいなことをするのがいやなんだよねえ。なんだか無駄な闘いにエネルギーを吸われてる気がして。

平岡 わたしは行間の攻防がそこまで苦じゃないからテーマ詠に対する苦手意識がないのかも。でも、そういう周辺のことを抜きにしていえばテーマ詠って結局歌の外に題が置いてある題詠みたいなことで、実際の作業は題詠とそれほど変わらないような気もする。『戦争』という単語を詞書にして一首をつくった後に詞書を消してください」だとしても途方に暮れると思う?

我妻 いや、じっさいに「戦争の悲惨さをテーマに」って依頼された場合は、そういう回りくどい迂回みたいなことをすると思う。作者の私のかわりに、短歌に自分でそのテーマについて考えてもらうための迂回ね。作者としての誠実さをいったん放棄しないと「〇〇について詠う」とか「〇〇をテーマに詠う」はできないなあと思います。

平岡 作者としての誠実さというのは、そのテーマについての自分の意見を過不足なく表明する態度みたいなこと?

我妻 まあそうですね。自分が何の話をしてるかわからない、という状態じゃないと私はろくに何も語れないようなところがあるから。何の話をすべきかあらかじめ決められていると気づいてしまうと、ちゃんと「正解」を言わなきゃと思って自分の言葉が出てこない。短歌は使える言葉数が限られているから余計にね。

持論・意見を歌に持ち込まない

平岡 それはそうですよね。矛盾した話のようだけど、「自分が何の話をしてるかわからない」という状態じゃないと人はほんとうに思っていることは書けないものだと思う。「この『正解』を表現しよう」という目的が定まると、その目的に向かって言葉がつじつまを合わせはじめてしまうから。

我妻 短歌って答えから逆算してつじつまを合わせていくのが得意だし。

平岡 「正解」を言おうとしたときの余地のなさは短歌定型のなかではより増幅されますよね。「正解」って、かならずしも「道徳的にこれが正解だと押し付けられたもの」とかじゃなくて、「書き手が自分の考えだと思っているもの」という意味の。

我妻 短歌は形式的には最初から行き先が決まってるようなものなので、内容的にもあらかじめ結論がみえてると、両側からがちがちに拘束されて息ができないよって思っちゃう。私はふだん自分が主張してることとか、持論・意見のたぐいを歌に持ち込まないようにしてるんですよ。定型の中でだけできる呼吸があって、その呼吸の中で半分自分、半分短歌みたいな夢うつつのものが語ったことだけが大事、っていう考え。べつにそこに真実があるというわけじゃないんだけど、私が歌に求めてるのって、壁の隙間から差す謎の光みたいなものなんですよね。正解じゃなく啓示っていうか、何もみえないけどなんか光が顔にあたって眩しい、みたいなことにだけ希望を感じる。

平岡 壁の隙間から差す謎の光みたいなもの、なるほど。わたしが我妻さんをいちばん尊敬しているのはそういうところかもしれないです。自分のことをまるで信用せずに、その分言葉に全ベットしているようなところ。ちょっと突っ込んで聞くんだけど、「持論・意見のたぐいを歌に持ち込まない」というのは、自分の「持論・意見のたぐい」とまったく矛盾することを歌が述べていても構わない、ということ？ それとも、持論や意見があまりない領域を選んでそこで歌をつくるの？

我妻 いちおう持論や意見があまりないところでつくろうとはしますね。持論と矛盾することを歌が言ってもいいんだけど、持論のあるところで矛盾することを言うと反語とか、なんか余計な意味がついちゃってやりにくいから。正負どちらの方向でも、私の主張で歌の顔のようなものが汚れるのはいやだなと思う。

平岡 喩えがキャッチーすぎるかもしれないんだけど、我妻さんがこし餡しか食べられないとして、歌が「つぶ餡が最高」と言っていてもべつに構わない、でも、その「つぶ餡が最高」に余計な含みが生じる可能性があるからできれば和菓子の話はしないようにする、というようなこと？ でも、それ、歌にできる話題がすごく狭くならない？ 人はたいていのことには意見や持論がありますよね。

我妻　そう？　ただの好き嫌いは意見や持論に入らないんじゃないかな。訊かれれば答えるけど、っていう程度のことはべつにいいんですよ。そういう感情は素材としていくらでも歌に差し出せる。だけどここだけはどうしても譲れないな、みたいな自分の中の硬直した部分には歌ではなるべく近づかないようにしてます。そういう部分は人間として社会に生きるには必要な、芯になるところだと思うけど、歌は社会とは別の可能性をきわめようとする場なので。

平岡　社会とは別の可能性。

我妻　たとえばすごいイヤな奴がいて、現実では何年も絶縁状態なんだけど夢にそいつが無味無臭な普通のいい人になってあらわれ、なぜか一緒に公園でピクニックしてたりする。それが妙に楽しいと同時に不安だったりね。私にとって短歌の「可能性」ってそういうものです。さっきの「戦争」の話で言うと、現実の戦争は理不尽でつらくて最悪だけど、夢に出てくる戦争ってのどかだったり妙になつかしかったり、社会人としての私には責任を負えない猥雑な表現をとってたりするじゃないですか。倫理的な面で無防備というか。短歌を、そういう夢のでたらめさとなるべく切り離したくないというのはありますね。

平岡　社会とは別の可能性を求める気持ち自体は、歌をつくっている人、歌をつくろうとしている人のほとんどにあるんだと思うんですよね。やりかたや探しかたが人によってずいぶん違って、我妻さんはやっぱりどこかこの世の底に触っているような感じがありますよね。

我妻　五七五七七のかたちになってる時点で、どんなにまっとうなことや共感できることが言われててもどこか変だと思うんですよ。毎日つらいけど途中下車しておいしいケーキ買って帰るときだけは体が少し軽くなる、みたいなことを聞いたら誰だって「わかる」ところがある。でもそういうのをみんな五七五七七の定型で話す人がいたらおかしいじゃないですか。これ全部五七五七七になってるじゃん？　変だよね？　って短歌を読む人は心のどこかでつねに思ってるはずなんだ。他人の人生のいろんな場面を、ずっと同じリズムに揺らされながら読んでたら、すべてはこのリズムが作りだした幻覚なんじゃないかと思えてくる。私は短歌のそういうところがとても気になるし、作家としてそっち側につきたいと思うんですよね。

歌集をつくること

平岡　この対談をしてる最中に我妻さんの歌集『カメラは光ることをやめて触った』が出ましたよね。二冊が合併されたような、ちょっと変わったつくりの歌集。中身をつくるのは大変だった？

我妻　いや、わりとすんなりいきました。あまり迷わなかったです。二十年余りの間につくった歌を一冊にまとめたわけだけど、いろんな意味で選歌はすでにできてたから、歌集としてのかたちもそこからおのずと決まっていったと思います。

平岡　二十年を一冊にするのって、すんなりいく人のほうがめずらしいような気がする。自分が経験したことによって、歌集を出すタイミングとか、歌集のつくりかたについて、考えが変わったところはありましたか？

我妻　金銭的なことも含めて、歌集を出すタイミングを自由に選べる人は少ないので、基本は出せるときに出すしかないと思うんですよ。そういうタイミングがいつ来てもいいように、いい歌をたくさんそろえておく、というのがまあ最低限の準備ですかね。歌集は連作の延長にあるものだと思うけど、連作ひとつひとつの完結性より大きなところで歌をつくる、という感覚がないと歌集にまとめるのは苦労しそうな気がする。でも正直言って、私の歌集のつくりかたが他の人にも勧められるものだとはあまり思わない。あるべき歌集の姿って、収められる歌によって全然違うと思うし。

平岡　「含めて」というか、みんなが歌集を出すタイミングを自由に選べない理由はほとんど金銭的なことだけじゃない？　お金の心配がなければ基本的には好きなときに好きなように出せるような。商業出版だともっといろいろな大人の事情が関係してくるんだろうけど、短歌の世界はよくも悪くも自費出版がメインだから。お金がない人は、「お金が貯まる」か、「自己負担のない出しかたを追求する」かのどちらかになるので、それはたしかに自分ではタイミングを選べないわけで、出せるときに出すしかないっていうのはそれはそう。でも、その場合で「出せるとき」が来るのが早すぎることはないと思うんですよね。お金のことは割り切って自力で出す人のほうが、タイミングを決めるの難しいなと思う。

我妻　自費出版できるだけのお金はあって、歌数も一冊分そろってるときに「はたしていま出すべきなのかどうか?」っていう話ですね。結果的にこの人は歌集を早く出しすぎたな、もっと歌数増やしてから絞り込めば完成度上がったのにとか、この人はもう少し早く出せば何倍も話題になっただろうなとか思うことはあるけど、それは後出しの意見だからね。歌集をつくる本人が事前にわかることは限られているでしょう。

平岡 それもその通りで、すでに出された歌集のタイミングについてあれこれ言うのは生存者バイアスのようなものではあるんですよね。慎重になりすぎたことで、出すところまでたどりつけなかった歌集がたぶん水面下にたくさんあって。ほんとうにベストなタイミングで出すのは頭で考えてできることではないんだと思う。でも、それでも、「あー、この歌集は早かったんじゃないかな」と感じてしまうことは、わたしはあるんですよね。さっきの話じゃないけど、「自分の定型」の確立期よりはあとに出したほうがいいと思って。

我妻 初期の習作的な歌、他の歌人の影響がつよすぎる歌がたくさん入ってると「もう少し粘ればこのへんをごっそり落とせたのかな」とは思ってしまうかもしれない。平岡さんの『みじかい髪も長い髪も炎』は十年分くらいの歌をまとめたんだっけ?

平岡 実質六年分くらいですね。歌集を出したタイミングは歌歴十五年目くらいだったんだけど、初期作も近作も落として、まんなか六年。ひとつだけ飛び石みたいに新しい連作を入れたんだけど、それを含めても八年分かな。

我妻 それは一冊の中で作風のばらつきが出ないようにとか、そういうこと?

平岡　そういう感じです。「歌集の中心はこの連作にしよう」という軸を最初に決めていて、その中心にする連作の目が届く範囲の作品で構成しようというのが第一にあった。その結果まんなか六年になったんだけど、初期作はもう落としちゃっていいと思ったんですよね。近作はまたべつのかたちで本にまとめる機会があるかもしれないし。

我妻　まず中心を決めるというのは大事なことのような気がするね。連作であったり一首であったり、何か全体をつらぬくテーマのようなものであったり。逆に言うと、歌集の中心がここだと定めきれないうちは出すタイミングではないのかもしれない。

平岡　我妻さんはなにか中心にするようなものはあったの？　歌集はどんなことを考えて構成したんですか？

我妻　私は二〇一六年に平岡さんの所属してた同人誌「率」で誌上歌集「足の踏み場、象の墓場」をつくってもらったわけだけど、そのときは平岡さんと瀬戸夏子さんにまず歌を全部読んで選歌してもらって、それをベースに組んでいったんですよね。一三〇〇首を三〇〇首に絞り込んで、もともとあった連作も全部解体して、一から編み直す感じで。今回の歌集にはその誌上歌集をまるごと再録することにしたので、その後の七年間に発表した歌のほうは逆に全然絞らず、ほとんどの歌を入れることにしたんです。三六八首かな。だから一冊に中心が二つあるというか、そのコントラスト込みで歌集を組み立てたという感じです。

平岡　歌集タイトルはどうやって決めたの？　「歌集タイトルが決まらない場合は、まだ出すときが来ていないということだ」という説があるらしいですよ。わたしはその説には懐疑的なんだけど……（笑）。

我妻 『カメラは光ることをやめて触った』は収録されてる連作のタイトルから取りました。気に入ってる連作だったのと、歌集タイトルとしてもいちばん収まりがよかったので。なんとなく、文章になってるタイトルがいいと思ったのかな。

平岡 歌集、どうなってほしい、みたいなのはある？　たくさん読まれてほしいとか、だれかの宝物になるといいなとか、長く売れるといいなとか。

我妻 読みたいと思った人がなかなか読めない、という状態はとにかくよくないので、これまで一度でも私の歌をまとめて読みたいと思ったことのある人たちが、歌集が出たことに気づいてアクセスしてくれたらいいなと思いますね。だから駅みたいなものだと思う。ある歌人に興味を持ったとき、そこで降りて訪ねていけばいいという駅が歌集で、私は長いあいだ訪問が困難な土地みたいなものだったから。

平岡 訪問が困難な土地、ほんとにね（笑）。我妻さんの歌は困難でもがんばって訪ねていく価値のある土地だったけど、その状況って続くと困難さ自体が価値みたいになっちゃうことありますよね。それはよくないと思うから、歌集出てくれてよかったです。

我妻 平岡さんは歌集づくりで何がとくに大変でしたか？

平岡 モチベーションを保つのは大変だった。わたしは歌人にはもしかしたら少数派なのかもしれないんだけど、「本」という物質へのフェティシズムがあまりなくて、自分の作品は無形で透明なのが正しい状態なんじゃないかって気持ちがずっとうっすらあったりもする。「自分の作品が『本』というかたちになっているのをみてみたい」「『本屋さん』に自分の作品が並んでいる光景をみたい」というような憧れによってテンションが上がるタイプの人のほうが、その憧れを原動力として運用しやすいなと思う。

我妻 平岡さんの歌集はとても評判になったし、出したことでたぶん歌の読者数の桁が変わってきますよね。そういうことって作品づくりに何か影響を与えたりするものですか？

平岡 桁というか、本を出さないと「読者」ってみえないなとは思いました。短歌は実用品じゃないから、購買者の数や要望によって生産の方向性が変わる、というようなことはないけど、だれにも読まれていないものを書きつづけることもできないから、「読者、いたんだ」って思えたのはよかったです。

我妻 それは大きな意味のあることですね。

平岡 歌集を出すことは、自分の歌の奪還のような意味もあると思う。短歌って、一首単位で存在するときは短歌史に所有されているようなものだと思うの。一首の歌は、かつて存在した数々の名歌とくらべてどうか、という基準で評価される。でも、ひとりの作者名のもとに蓄積されていくとき、その作者としての一貫性とか、発展性とか、そういう部分がみられるようになる。つまり歌人として継続的に短歌をつくっていくのは、自分の短歌を「短歌」から奪還していく作業だとわたしは思っていて。歌集って、その奪還のいちばん生の現場であり、奪還の証拠でもあると思うんですよね。

歌に使われがちな語彙

平岡 さっき、我妻さんが個人的に「線路」が好き、という話があったけど、一般的に短歌によく使われがちな語彙、みたいなものもありますよね。

我妻 それは身近にあるから詠み込まれるという意味じゃなく、なぜか短歌の中でだけよくみかける言葉ということ？

平岡 「夕暮れ」とか「湖」とか「雨」や「雪」とか、「光」「火」「星」みたいな……。入れるとちょっと詩的になるような雰囲気のある言葉。挙げていて思ったけど、なんか、理科の教科書っぽい言葉が多い？

我妻 私もそういう言葉を使いがちなんだけど、自分の目でみて手で触れたものの蓄積っていうより、小学校の教室で覚えたみたいな言葉が詩的なイメージの基本材料だったりしますよね。人生のはじめのほうで刷り込まれたのと、最初から言葉の状態で吸収してるから使いやすいのかな。

平岡 こういう言葉はすでに短歌にたくさん使われているから、短歌から短歌へ再生産されているのかなとも思うけど、それも「最初から言葉の状態で吸収してる」という意味では同じですね。

触っておぼえた言葉じゃない、具体的な手触りと結びついてない言葉だからこそ歌をちょっと日常から異化してくれる作用があるのかな。

我妻 よくも悪くも、何か共通のゲームのコマみたいなものがないとはじめられないし、現代口語短歌というゲームはそうした語彙によって場を確保されてるんだろうね。

平岡 「自然」や「気象」に関係する言葉はポエジーがある、というイメージってどこから来るんだろうね。この感じって言葉ジャンルだけじゃなくて、絵葉書やパソコンとかの壁紙をみていても思うことだけど。

我妻 気象は経験の中にちりばめられてて説明がいらないからね。俳句の季語とか、和歌の歌枕みたいなものがないところでカジュアルにイメージを共有させられるから、短歌やポップスの歌詞の中で水増しぎみに「詩的」さを育まれてるところはあるのかも。

平岡 いかにも「詩的」な語彙はベタになるから使わないほうがいい、という意見もあるけど、我妻さんはわりとためらわず使いますよね。わたしも使うほうだけど。短歌の語彙の偏りや、広さ、狭さについて意識することってありますか？

我妻 私は歌に使う語彙の範囲はけっこう狭くとってるほうだと思う。珍しい言葉を使うと一首ごとにいちいち新メンバーを紹介する感じになって、歌で起きている一回限りの出来事への反応が雑になっちゃう。なるべく固定メンバーで、そこで何をやっているかがよくみえるようにしたいかな。

平岡 えー、ほんと？

他人のディズニーランドが夜のはまなすを飾るのが見えたすぐ来てくれ　我妻俊樹

我妻　たとえばこの「ディズニーランド」も「はまなす」もいつメンなの？　ちょっと珍しいほうの言葉ではあるけど、固定メンバーの衣装というか〈仮装〉の範囲かなと思う。ふだん歌に使わないだけで、私の中ではある程度顔なじみの言葉だし。

平岡　そうなんだね。〈仮装〉と言われたらなんとなくわかる感じがします。わたしはどちらかというと逆で、語彙によって自分の歌のジャンルが固まってしまうことに抵抗があって、できるだけいろんな言葉を使いたい欲望がある。

我妻　たぶん短歌の世界全体でみたら、平岡さんの歌と私の歌はかなり近いところにあるようにみえると思うんだけど、言葉の扱いかたが真逆に近いっていうのはおもしろいですね。さっき平岡さんは定型との関係がフィックスされてて、題材で歌が変化するという話を聞いたけど、それと似たことなんでしょうね。私は定型との関係をちょくちょく動かしたいから、逆に語彙はなるべくいつものメンバーで固めたいんだと思う。

平岡　短歌をつくっていると、「歌につかえない言葉リスト」の存在を感じるんです。短歌全般に使えない言葉のリストもあるし、わたし用のリストもある。ヘヴィメタの曲の歌詞には使われるけどわたしの歌には使えない言葉とか、機械の説明書では使われるけどわたしの歌には使えない言葉とか、保育士さんと赤ちゃんのあいだでは使われるけどわたしの歌には使えない言葉とか、いろいろあるじゃないですか。嫌なんだよね、「このなかで遊んでいなさい」って言われてるみたいで。

我妻 そうは言っても、この言葉を使ったら自分の歌の世界が壊れちゃう、という言葉は必ずあるのでしょう。究極的にはそういうリストを破棄してしまいたいという気持ちがあるの?

平岡 攪乱したいんです。リストを破棄することは原理的にできないと思うんだけど、「そういうリストがあることはわかってる」って睨んでおくことは大事だと思っていて。それでときどき一語や二語はリストから盗みたい。

我妻 歌をつくる人たちの多数派は、言葉のリストとか語彙とかいう以前にまず詠いたいことがあって、それにふさわしい言葉をさがすという段取りを踏むと思うんですよね。リストはたぶんあるはずなんだけど、自分にとっても隠されたものなんじゃないかと。そういう場合でもリストの存在は意識したほうがいいものなんだろうか。

平岡 そうなのかな。短歌をはじめてつくる人の作品って、自然を賛美する内容になったり、妙に道徳的な内容になったりすることが多い。それって語彙のほうが先に決まってるから、語彙に合わせて歌いたいことを決定しているんじゃないかなと思う。

我妻 本人に自覚はなくても「詠いたいこと」自体をリストから選んでしまってるってことですね。自由に選んでるつもりでも、初心者ほど最初の一歩の選択の幅がすごく狭いというのは、たしかにその通りだと思います。自分の手持ちのリストのどうしようもない貧しさに気づいて、まずそれをなんとかしなきゃって思うところからはじまるということなのかもしれない。

速い歌と遅い歌

平岡　ところで、人間には早口な人、ゆっくり話す人といるけれど、歌にも速い歌、遅い歌、ありますよね。作者ごとの傾向もあるし、一首ごとにも違う。歌の速さをコントロールしたいと思ったときに、表記を工夫する、というのがひとつあると思う。でも、歌の速さって表記とかじゃなく、もっと奥深いところで決まっている気もします。

我妻　連作とか歌集っていろんな速さの歌があるのがいいと思うんですよね。ぱっと一瞬で入ってくるような歌と、じわじわと時間をかけてしみ込んでくるような歌。それらがずらっと並んでると、先に読んだ遅い歌を、後から読んだ速い歌が追い越したりして、紙面とは順番が入れ替わってしまう。さらに時間が経つと、速い歌が最初飛ばした分ガス欠気味になって、遅い歌がふたたび追い抜いたりして、読者の中で歌が入れ替わり続けるわけ。一首の中でもありますね。遅い上句を速い下句が追い越したりして、いつまでもかたちが一定せず変わり続けてるような歌。

平岡

星々に悲しいときは追いかけたトラックがそろそろ着く頃だ　　我妻俊樹

一首のなかで追い越しがある歌だと、我妻さんの歌集にこんな歌がありましたよね。「トラックを追いかけるわたし」と「星々に着くトラック」と、二つの軌道が絡み合うようにつくられている。アキレスと亀のパラドックスみたいに、どっちの組み合わせも永遠に重ならないような感じもする。

我妻 愛誦性よりも再読性というのかな、言葉が動いてて読み切れないのがいい歌だという考えがあって。連作や歌集も、歌の位置がたえず動き続けてたらいつまでも読み終わらないものになって、そういうのがいいんだと思ってるんですよ。

平岡 好きになるまでの速さ・遅さもありますよね。一目ぼれみたいにみた瞬間に好きになる歌と、べつに好きとかじゃないのになんとなく頭に残って、五年後くらいに「ああ、そうか、これはすごくいい歌だったんだ」みたいになる歌と。

我妻 作者本人にとっても、つくった歌が腑に落ちるまでの時間は差があると思います。だから歌を並べるときに、自分との距離がまちまちな歌を混ぜて並べると結果的に「速い歌」「遅い歌」が混在する連作になるかもしれない。つくった瞬間にすべてが届いた、と自分で思った歌と、自分でもまだどこがいいのかうまく言えないけど気になってる歌、を意識して混ぜていく感じ。

平岡 作者自身にとってのちのち大事な歌になるのも意外とそういう歌だったりしますよね。

我妻 同じくらい好きな歌だけ、ずらっとならべてしまうと等速で単調な連作になるような気がする。

平岡　連作ではなく、一首単位の速さ・遅さは何によって決まるのかな。たぶんみんな遅くしたいんだよね。自分の歌を「ゆっくり読ませたい」という目論見はけっこう耳にするんだけど、「さっさと読み終わってほしい」という話はあまり聞いたことがない。

我妻　遅くするのに、かんたんなのは難解な、意味の読み取りにくい歌にすることだよね。そのかわり敬遠されて読まれなくもなるので、なるべく読者を遠ざけずに読み終わらない歌にするには、一首の中に複数の時間が流れてるような歌にすることだと思う。ひとまず最後まで読ませてしまうような力強い流れと、その流れに乗っては読み切れないようなひねくれた細部を共存させるとか。その場合韻律がポイントかなあ。音楽で、歌詞が聞き取りにくかったり外国語だったりで、意味はわからないけど音としていいなと思って聴いて、あとから歌詞をたしかめて「こんな歌だったのか！」とびっくりする感じ。韻律の気持ちよさとか、字面が運ぶイメージでぐいぐい読ませてしまって、意味はずっと遅れてついてくるような歌は、遅くなるというか再読性が高まると思う。

平岡　長く味わえる歌のレシピ、という感じだね。一首のなかの滞在時間を増やすには、ひらがなを増やす、というのもありますよね。歌を視覚的に長くする。

ねえむうみんこつちむいてスコップのただしいつかひかたおしへます　平井弘

表音文字ばかりで意味がぱっと見では頭に入ってこない。絵文字がなくて感情のわからないメールみたい。

我妻 ひらがなだらけだと呪文みたいだし、なんだか催眠効果もあるような気がするよね。極論を言えば、歌作のテクニックのほとんどは一首の滞在時間を増やすためのものだと思うんですよ。たとえば「二物衝撃」でイメージを広げようとするのだって、文字数以上の空間を確保して読者を長居させるためだと言えなくもない。

平岡 それは「短歌は短い」という前提が強烈に叩き込まれているからなのかな。短歌はもちろん短さが特徴であり、強みでもあるけれど、決定的な弱点でもある、というようなイメージ？ 収納やインテリアの本には「部屋を広くみせるテクニック」はいろいろ書いてあるけど「広すぎる部屋を手狭にみせるテクニック」はみたことない。そういう感じなんだろうか。でも、そこまで短いかなあ、短歌って。

我妻 短歌の短さは散文一般とくらべた相対的なものなので、短歌だけ読み続けてるとむしろ短歌長いなあって思うよね。定型がそもそも同じ字数の散文より遅く読ませるようにできているものだし。

平岡 俳句や川柳の人も「短歌はすごく長い」って言いますよね。俳句や川柳にくらべたら長いのはそれは当たり前かもしれないけど、でも散文とくらべると言っても、散文の一文はしばしば短歌より短いんですよね。「犬が歩いた」とかも一文だし。これだと俳句より短い。「章」とか「一篇」とかとくらべると一首は短いけど、短歌にも「連作」とか「歌集」の単位もあるし……。わたしたちは「定型がある」ことと「短い」ことを恣意的に混同しているのかもしれない、という気がしてきました。

我妻 定型っていうのは長さへの制限であるだけじゃなく、短さへの制限でもあるからね。短歌定型は日本語の呼吸の基本単位より微妙に長くて、その「ちょっと余る」ところに私性が宿るしくみだと思うんですよ。滞在する人を内省的にさせる部屋のサイズってきっとあって、広すぎても狭すぎてもだめで、短歌くらいのサイズがちょうど部屋に「心」を発生させるんじゃないのかな。あくまで「部屋に」なんだけど、滞在する人はそれを自分の心だと誤解してしまう。そう誤解させる力が短歌にあるのだともいえる。

平岡 俳句や川柳がそれぞれのかたちで「私性」を締め出していることを考えると、それはそうかも、と思いますね。短歌が微妙に長い、ちょっと余っている、というのは感覚的にもなんとなくわかる。そうなんだよね、ちょっと長いんだよね。そこに中毒性というか、なにか癖になる魔法がある。そうなってくると「一首の滞在時間を増やそう」というのも、なんだか罠みたいだね。

作中主体とは何か

平岡 用語の話を少ししてみたいのですが、この対談でも使ってると思うけど、「作中主体」という短歌特有の批評用語があります。歌の主人公というか、その歌にとっての「私」を指す言葉、といえばいいのかな。短歌の世界でしか使われておらず、しかもわりと新しい言葉で、定義があやふやといえばあやふやだから、「なんだろう？」と思っている人もいると思う。でも、この言葉が必要とされていること自体がすごく短歌らしくもある。

我妻　便利に使ってしまってる言葉なんだけど、実作上はそんなに厳密に定義しなくていいんじゃないかと思う。いちおう私は「話者」と「作中主体」をなんとなく使い分けたりしてるけど、「作中主体」のほうがより身体性を強調する感覚で。

平岡　実作上はそんなに厳密に定義しなくていい、というのはわたしもそう思ってます。「作中主体」はやっぱり「作者」の言い換えだと思うんですよね。言葉としても「作」からはじまってるし。

我妻　うん、「話者」は作者が歌に声だけ貸してる感じがして、「作中主体」のほうがもっと全身を歌に持ち込んでる感じがするかな。

平岡　短歌の「作者」準拠度合いは個人差があって、人によっては九九％が「作者」だったり、人によっては四〇％くらいしかなかったりする。その振れ幅をどうにかぜんぶ包容する言葉が「作中主体」だと思って。幼稚園や小学校で使われる「おうちの人」って言葉があるじゃない？保護者を指す言葉だけど、家庭によって保護者の形態がさまざまだから、「お母さんに渡してね」「おじいちゃんに聞いてみてね」と名指ししてしまうのは支障がある。いろんな事情を包括しつつ、意味がわかりやすい言葉として編み出されたのが「おうちの人」だと思うんだけど、

「作中主体」という言葉はだいたい「おうちの人」だと思う。こういう言葉が流通していること自体に、短歌にとっての「作者」のありかたの多様さがあらわれていますよね。ほんとに家庭事情みたい、内情がみんな違って。

我妻 作者として歌にどれくらい自分を委ねるかは、わりとみんな無意識に決めてるのかなという気がするんだけど、どうなんですかね？　実人生情報をどれくらい歌に書くかってことだけじゃなく、実人生をやってる身体でどれくらい歌に体重を預けるか、っていうところの話です。私自身は、「作中主体」なんてべつにいらないんじゃない？　という極端な立ち位置なので、一首ごとに作者の身体と歌が対応してるような関係は暑苦しいなと思ってしまう。そういう読みかたによって輝く歌がたくさんあって、現状そっちが主流だというのはわかるのですが。

平岡 「作中主体がいらない」というのは、視点人物を想定する必要を感じてなくて、歌には「天の声」みたいな感じでお告げみたいに声だけが聞こえていればいい、という感じ？

我妻 そうだね。私にとってはそれが自然なことで、視点人物を立てるには短歌という形式は窮屈すぎるとずっと思ってる。

平岡 うん。わたしは現実の世界でも「視点人物」はなんか窮屈というか、変だなと思う。

我妻 現実の世界での「視点人物」って？

平岡 人間はカメラじゃないでしょう？　一定の距離感で外界を連続的に眺めているわけじゃなくて、ただ生きてるだけでも、意識が遠くへ飛んだり、自分を三人称的に俯瞰したり、けっこうアクロバティックなことが起きる。視点人物の位置や動きが逆算できるように歌の視点を操作するのはすごく人工的な作りかたですよね。

我妻 現実を生きるわれわれは全然「視点人物」的ではないということですね。

平岡 そう。歌に身体を感じさせるにはある程度は「視点人物」性が必要なんだとは思うけど。

我妻 私は歌に自分の身体を受け止めてもらう必要を感じないから「作中主体」はなくていいっていう立場だけど、逆に歌の「私」は完全に作者そのものなんだよという立場からも「作中主体」っていう概念は不要ですよね。

平岡 ああ、なるほど、「私」と「作者」がぴったり一緒だと、話を複雑にする必要はないってこと、だよね？

我妻 その両端のあいだにひろがる、歌に「私」がいるんだけどそれは作者そのものというわけじゃない、っていう関係のありかたのグラデーションが広い意味での「作中主体派」になるわけだ。平岡さんが言うところの「人生—人生派」も「人生—言葉派」も、あと完全に虚構で歌をつくる「フィクション派」もぜんぶいわば大きく「作中主体派」に含まれる。ちょっとそのあたりを強引に図にしてみようかな……(図参照)。

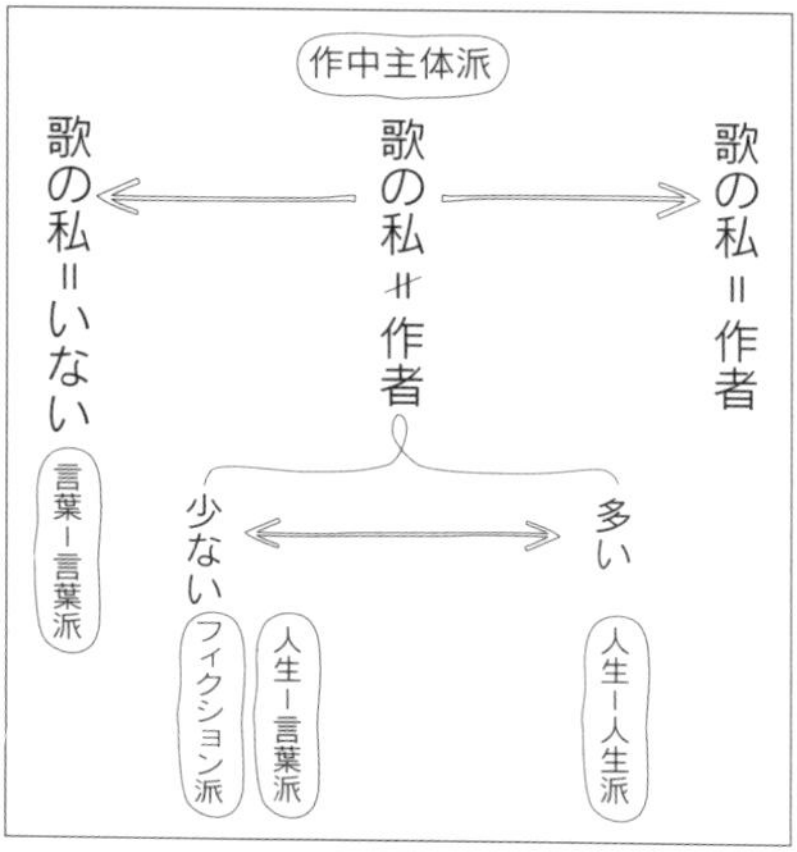

平岡　あー、なるほど、この図おもしろいね（笑）。図解されたら言いたいことわかりました。端と端はそれぞれわりと極端なスタンスだと思うけど、そこには「作中主体」は必要ないんだ。グラデーションの中間部分にだけ発生するわけですね。これは合っているような気がする。

我妻　要は、作中主体という考えかたが適用できる歌がすべてではない、ということが言いたいわけだけど。ただ、ほとんどの人は無意識のうちにこの「作中主体派」の中のどこかの位置で歌をつくっているはずなんで、そこをちょっと意識にのぼらせて、自分の歌のありえたかもしれない可能性としてほかの位置に思いを馳せてみてもいいかもしれないですね。

平岡　うん、スライドバーをちょっとずらすみたいな感覚でね。

ストレンジャーでありつづける方法

我妻　短歌って長く続けていくと、程度の差はあれ誰でも巧くなっていくものだと思うんです。そこで変な話だけど「巧くなってしまう自分」とどう付き合うか、という問題があるんじゃないかと思う。やりたいことをやるには見合った技術が必要なのは前提として、なんていうか、自分の資質とかやりたいことと巧さのバランスが取れるとはかぎらない。巧くなることで魅力が消えるタイプの歌ってあるでしょう？　あと、悪い意味で巧いだけの歌もありますよね。でも、巧くなること自体からは誰もが逃げられないっていう。平岡さんは、自分の技術が上がっていくことは肯定的にとらえてる？

平岡 わたしはそもそも初期の作品にビギナーズラック的なおもしろさがないタイプだったせいか、技術の向上と引き換えに失っているものがある、という感覚があまりない。だから、自分自身については肯定的です。でも、巧くなってしまう問題、ありますよね。「巧くなる」にもいろいろなベクトルがあるけど、「なにか変」が絶妙な魅力だったものが、だんだん「ふつう」になってしまったりする。

我妻 自覚的にコントロールできる歌の魅力って、技術的な部分だけだと思うんですよね。「なにか変」みたいな無自覚な魅力は、それはそれとして記録されて作品として残ればいいと思うけど、作者本人はそこにとどまろうとしてとどまれるものではないし。巧くなる過程でたいていのいびつさはきれいに矯正されてしまうわけですよね。いびつなまま巧くなれるのが才能なんだ、と言ってしまえばそれまでなんだけど。

平岡 とどまろうとしてとどまれるものではない、というのが残酷なところですよね。「このいびつさが自分の魅力なんだ、これでいこう」と作者が自覚した瞬間にぺらっとまがい物になってしまうようなところがある。

我妻 でも矛盾したことを言うようだけど、何か新しいことをはじめるとそれまで蓄えた技術ではカバーできなくて、部分的に下手さが露呈することがある。それが新しい魅力になったりするんじゃないかとも思うんですよね。そういう意味で、悪く巧くなりすぎないためには時々新しいことに手を出して、技術の圏外に出ていくようにしたらいいんじゃないかな。

平岡 そうですね。初心者のゆえの「なにか変」が魅力になるのは、その人が短歌にとってストレンジャーだからだと思うんだよね。詩歌にはストレンジャー精神がすごく大事で、自分がよそものでありつづける方法をどうみつけるかにひとつ生命線があると思う。

我妻 口語もかつては短歌というジャンルにとってのストレンジャーで、技術の圏外に出ていく手段だったりしたわけですよね。私はいまだにどこか「口語でやってるかぎり短歌が巧くなりすぎる心配はない」っていう感覚が抜けないんだけど、ほんとはそんなことは全然ないわけで。いまじゃ短歌の技術の中心は口語に移りつつあり、短歌教室的なところで教えるのも口語短歌が主流になってる。ただ、まだまだ文語とくらべたら蓄積が浅いところが好都合というか、口語短歌的な技術のウィークポイントはいくらでもみつかるはずで、圏外へは比較的出ていきやすいんじゃないかとも思うね。

平岡 うん。そして、それは、巧くなってはいけない、拙いほうがいい、という話ではないわけですよね。

我妻 身につけた技術に見合った大胆さとか野蛮さが必要なんじゃないの？　ということです。

平岡 大胆さと野蛮さ、いいキーワードだね。精神論になってしまうんだけど、大事なのは作者の芯の部分に「生きてるだけで自分はストレンジャーだ」という感覚があるかどうかだとわたしは思うんです。悪い意味で巧くなってしまった短歌というのは、巧くなるのとは別に、なにか鋭さが失われてしまってる。巧さにはたんに世界との和解があらわれてしまいやすいんだと思う。

我妻　短歌ってそのかたちのせいもあって、つくり手には世界のぎりぎりの縁《へり》に立つ感覚ってあると思うんです。この世界から追いたてられるように縁に立って歌をつくる、っていう感覚が少なくとも初心者のころは多くの人にあるはず。だけどだんだん技術を身につけていくと、歌が自分のコントロールの利く小さくて安全な世界そのものみたいに感じられて、そうなるとより居心地よく快適にしようとするのがまあ自然ですよね。そうやって擬似的に世界との和解を果たしてしまった歌に魅力を感じるのは、なかなかむずかしいかなあ。

平岡　めちゃくちゃいい歌がつくりたいとして、人生自体をがつんとアウェーな環境に置けば効果があると思う？　とても仲間だとは思えない人たちに囲まれて生活するとか、とつぜん南極に住むとか、生きる環境によって否応なく「自分はストレジャー」という意識をつくりだすことができるとしたら。

我妻　可能性はあると思う。私自身は、もし生きる環境が激変したら歌が変わるよりも、歌をつくらなくなってしまう可能性のほうが高そうだけどね。

平岡　それはたしかにそうかも（笑）。いや、つまりね、わたしは南極に引っ越す必要まではないと思うんです。「ストレンジャーである」という意識が大事だと言っても、生きかたまるごとアウトローなほうに投げ打つ必要とかはなくて、もっと地味なものでいいと思うんですよね。短歌はやっぱり増幅装置だから。

我妻　短歌にとってストレンジャーでいるってことは、みんなが共有してるジャンルの地形や資源におかしな方角からアプローチする人になることだと思うんですよ。昔「眠れない夜はケータイ短歌」っていうラジオ番組があったでしょ？

平岡 あったね。

我妻 あの番組名じゃないけど、短歌って眠れない夜につくるものってイメージがあると思うのね。日々の生活を生きて、喜怒哀楽があって、一日の終わりに振り返るとさまざまな感情が胸に起こって目が冴えてしまう。そういうとき気のたかぶりをなだめるように歌をつくるものだっていう。でも、短歌は眠れない夜じゃなく、その反対の、起きられない朝につくればいいんじゃないかと私は思うんだよね。人生をアウェーな環境に置くっていうより、人生のアウェーで歌をつくる感じ？

平岡 人生のアウェーで？

我妻 そう。眠れない夜っていかにも人生そのものって感じがするじゃないですか。だからその反対側の「起きられない朝」は人生のアウェー。起きたくないんじゃなくて起きられない朝、つまり未だ覚めやらぬ眠りの中だよね。もしそこで歌をつくることができるなら、それはもうストレンジャーってことになるんじゃないだろうか。

平岡 ああ。自分の人生に対する内省が流れ込んでこない場所で、夢うつつで半分寝ながらつくるみたいに。そういうことですよね。人生が凝縮された結晶じゃなくて、夢からこぼれてくる寝言みたいな短歌が読みたいよね。

我妻　目が覚めて生活がはじまったら、夢の内容ってあっというまに忘れるでしょう？　でもあの支離滅裂で無意味な世界も、自分の頭の中にたしかにあるものだし、夢って一晩に何度もみるものらしいから、毎日複数のバリエーションをあらたにつくりだしてもいるわけですよ。人生のオモテ側のことだけ詠ってるつもりでも、ふとあっち側の経験の感触が歌に紛れ込むことがある。短歌にはそういうところがあるし、個人的には夢の無意味さみたいなものが歌からこぼれ出る瞬間が短歌を読んだり、つくったりしてる時間の中のクライマックスだよねって思ってる。だからそういう歌がもっとこの世にないとおかしいと思うんだよね。

平岡　逆側からいうと、強烈なストレンジャー意識のある人にとっての現実って夢のなかみたいなものなんじゃないかとも思うんだよね。自分にとっては不条理だったり支離滅裂だったりする法則性によってこの世が動いていくわけだから。わたしは作品が「短歌に対してストレンジャー」でも「この世に対してストレンジャー」でも結局どっちでもよくて、とにかくそういう「夢」が歌のうえにみられたらいいいと思ってる。もちろんみせたいとも思うけど。

おわりに

思えばこの二十年くらいのあいだ、短歌のことばかりかんがえていたような気がする。歌をつくったり読んだりする時間より、短歌のことをかんがえている時間のほうがはるかに長かった。ひとつのジャンルへのかかわりかたとしてそれはかなりいびつなことだろう。

この世には短歌の先生になれる歌人とそうでない歌人がいて、ほんとうは前者だけが歌人と呼ばれる資格があるという説を聞いたことがある。その説の当否はともかく、短歌史的に重要な歌人の歌をろくに読んでおらず、文語文法の初歩も怪しい私はあきらかに後者であり、この本で対話した平岡さんは前者だ。平岡さんはじっさいに短歌の講座をうけもっていて、つまり短歌の先生なのだが、その平岡さんとの共著で入門書をという話をいただいたときは驚いたけれど、要するに自分は生徒役をやればいいんだと思った。短歌についてかんがえつづけて胸に絡まりあった糸のようなものを俎上に載せて、先生に教えを乞う役回りというわけである。

だが蓋をあけてみれば、対談とは思った以上に生き物で先が読めないものだったし、私は生徒役としては饒舌になりすぎたようだ。そのため入門書としてはかなり変わった内容の本になった気がするが、ほかのどの本にも書かれていないことが語られているという自負はある。

短歌の定型は私たちがひとりひとりみんな違う人間だということ、その孤独を祝福するためにあるのだと私は信じている。短歌をやっている人が、短歌をやっているというだけでみんな仲間だということは絶対にないと思う。言葉が誰にも通じないものになる一瞬前の輝きを引きのばすような時間が、歌のかたちをしてこの世にあらわれてくることへの祝福。私たちは、極言すれば、ただそれだけを受けとめる準備をすればいいのである。

私にとって数少ない〈短歌の友達〉である平岡さんとの一年近くにわたった対話は、他の人が相手ならずっと手前で「あ、通じないな」とあきらめてしまうような話をさらに奥まで掘り進めたり、そこから思いがけない方向へ逸脱して、まるで別だと思っていた話とつながったりする刺激的なものだった。短歌とのまじわりはほんとうに人それぞれで、その人なりの信仰のようなものがあらわれると思うのだが、この本で語られているのは私と平岡さんそれぞれの信仰にもとづく短歌の話であり、読み返してみると二人のあいだで意見の食い違っているところも少なくない。ただジャンルの内と外をきめる境界線に敏感で、ときにそのラインをまたぎながら短歌について話しつづけたい、という欲望は共通していたかもしれない。正式にかまえられた門以外のあらゆる場所に短歌への入口を見出そうとするところが似ていて、本書の中ではそういう話をたくさんしていると思う。

他の入門書を読んでなんだかしっくりこなかったり、短歌で道に迷ってしまったと感じている人がこの本を読んで、なにかしら励まされるところがあったとしたらとてももうれしい。

我妻俊樹

平岡直子二十首

選：我妻俊樹

炎、歴史、美しい脚、三面を持つ心臓を尾行するだけ

ちゃんとわたしの顔を見ながらねじこんでアインシュタインの舌の複製

セーターはきみにふくらまされながらきみより早く老いてゆくのだ

速度計の針はふるえて絶対にほんとうに泣くか幾度も聞いた

熱砂のなかにボタンを拾う　アンコールがあればあなたは二度生きられる

鳥たちが笑いはじめるあの季節この季節わたしの発明だから

できたての一人前の煮うどんを鍋から食べるかっこいいから

冬。世界はだいたい毛糸だらけで、とつぜんきみの耳が出ている

写真に忘れられた海岸をきみもまた忘れるだろう　どこまでも道は

「お墓って石のことだと思ってた?·穴だよ、穴」洗濯機をのぞきこむ
正しさよ頭のなかのビーカーの水が頭とともに傾く
理科室で人体模型を見た記憶なんてないけどわたしでも好き?
二〇二〇年春にわたしは有頂天　八百屋お七の気持ちがわかる
手紙として送られてきたメロンの迷路をさまよいながらふたたび出会う
三越のライオン見つけられなくて悲しいだった　悲しいだった
心臓と心のあいだにいるはつかねずみがおもしろいほどすぐに死ぬ
愛をテレビで学んでテレビを捨てる　裸でよみがえる東京タワー
燃えあがる　床を拭くとき照らされる心に地獄絵図はひらいて
星のように冷たい手だね／きみの手は星のように熱いよ／聞こえない
耳のなかの音をとつぜん半額にする風がくる　教えてくれた

我妻俊樹二十首

選：平岡直子

スピードを百まで上げてねむるのよ世話する光とされる光

ひこうきは頭の上が好きだから飛ばせてあげる食事のさなかに

月光はわたしたちにとどく頃にはすりきれて泥棒になってる

女の子だけの海賊、というほんの一瞬の錯覚よりもうつくしい庭

らくがきを消された痕が月にある　心電図ありがとう大事にする

人類と結婚できると信じてるあんなに花粉をとばすのだから

係累に加えてくれないか百円で雨の夜は雨のふりをするから

アイスコーヒーまでは黒かった　でも夜になると東急は光るのよ

夏の井戸（それから彼と彼女にはしあわせな日はあまりなかった）

これくらいラジオはかるくなればいい偶然顔にみえる蜘蛛の巣
この人のつむじを逆に巻き直す風として岬からふりかえる
たのしいことは終わった　そしてカーテンは選ばれる宇宙戦争柄が
みじかくてさびしい映画だったけど本当のバスに人が乗ってた
暴れたりしないと夏の光だとたぶん気づいてもらえなくない？
水を飲むのは投函だから物音をおぼえきれないほど聞き取った
アパートが近いだけでもおまえのこと兄だと思うくるっているから
秋が済んだら押すボタン　ポケットの中で押しっぱなしの静かな神社
だれからも尊敬されない出しかたをした金のこと渋滞のなか
飴を噛むときに小さな乗り換えをしてるんじゃないかな星の息
「人を呼びますよ」と壁の雨染みを押すふりをする　押したら終りだ

コラム出典（タイトルを初出から変更したものもある）

我妻俊樹

「かわむきき と かなしい のか」……ブログ「喜劇　眼の前旅館」２０１１年5月11日

「曖昧さとシンメトリー」……ブログ「喜劇　眼の前旅館」２０１１年6月7日

「本歌取りについて」……ブログ「喜劇　眼の前旅館」２０１０年2月13日

「韻律起承転結説」……ブログ「57577 Bad Request」２０２０年2月4日

平岡直子

「パーソナルスペース」……「歌壇」２０２１年12月号

「雨戸と瞼」……一首鑑賞「日々のクオリア」（砂子屋書房ホームページ）２０１８年1月5日回

「日の字」……一首鑑賞「日々のクオリア」（砂子屋書房ホームページ）２０１８年10月24日回

「心の底で」……角川「短歌」２０２２年9月号

本文中の引用歌の漢字については新字体を基本とした。

著者プロフィール

我妻俊樹（あがつま・としき）

1968年神奈川県生まれ。2002年頃より短歌をはじめる。2016年、同人誌「率」十号誌上歌集として「足の踏み場、象の墓場」を発表。2023年に第一歌集『カメラは光ることをやめて触った』（書肆侃侃房）上梓。平岡直子とネットプリント「ウマとヒマワリ」を不定期発行中。2005年「歌舞伎」で第三回ビーケーワン怪談大賞を受賞し、怪談作家としても活動する。著書に『奇談百物語　蠢記』（竹書房怪談文庫）などがある。

平岡直子（ひらおか・なおこ）

歌人。1984年に神奈川県に生まれ、長野県に育つ。2006年、早稲田短歌会に入会し、本格的に作歌をはじめる。2012年、連作「光と、ひかりの届く先」で第23回歌壇賞受賞。2013年、我妻俊樹とネットプリント「馬とひまわり」（のちに「ウマとヒマワリ」）の発行をはじめる。2021年に歌集『みじかい髪も長い髪も炎』を刊行、同歌集で第66回現代歌人協会賞を受賞。2022年には川柳句集『Ladies and』を刊行。現在「外出」同人。

起きられない朝のための短歌入門

二〇二三年十一月十三日　第一刷発行
二〇二三年十二月二十日　第二刷発行

著　者　我妻俊樹・平岡直子
発行者　池田雪
発行所　株式会社 書肆侃侃房（しょしかんかんぼう）
〒八一〇-〇〇四一
福岡市中央区大名二-八-十八-五〇一
TEL：〇九二-七三五-二八〇二
FAX：〇九二-七三五-二七九二
http://www.kankanbou.com　info@kankanbou.com

編　集　藤枝大
DTP　黒木留実
印刷・製本　モリモト印刷株式会社

ISBN978-4-86385-583-0　C0095